ubu

Recusa do não-lugar

Juliano Garcia Pessanha

POSFÁCIO
Cláudia Maria de Vasconcellos

*Calamidades humanas,
boa oportunidade para o ser!*
PETER SLOTERDIJK

*Às goteiras e rachaduras,
que escancararam a urgência*

11	APRESENTAÇÃO
15	1. O mundo estranhado: esboço de filosofia fisionômica
26	2. De um lado a outro do entre
42	3. Sloterdijk: pensador do Dentro
69	4. Nascer para dentro, nascer para fora: a mãe
88	5. Satélites
96	6. Para humanizar Heidegger: três variações
110	7. O íntimo e o êxtimo
142	8. Refrões
152	9. Nascer para dentro no mundo de hoje
167	POSFÁCIO
	As coisas que estão no mundo
177	Referências bibliográficas
189	Sobre o autor

Apresentação

Este livro trata da determinação existencial e do anseio de se ter um "eu". Como alguém acolhe a determinação existencial e cabe no mundo? Em meus textos anteriores[1] eu não pude responder bem a essa pergunta por falta de repertório adequado para pensar positividades. Excluindo essa diferença de foco, *Recusa do não-lugar* – um híbrido de filosofia, caso clínico e literatura testemunhal – dá sequência a um pensamento de transições e passagens do Fora ao Dentro, da exclusão à inclusão. Exclusão e Fora dizem respeito a uma posição na qual não se atinge intimidade com o mundo, nem consigo mesmo. As obras de Kafka e Blanchot são paradigmáticas dessa posição instável, e quem a celebra tem dificuldade de explicitar posições mais estáveis no interior de mundos instituídos. A escrita que se amiga do Fora dignifica o abismo, o self negativo e a incandescência da palavra poética, e não consegue pensar o sossego e a comodidade de quem chegou a si e ao mundo. Este livro tenta guardar a passagem entre esses dois lugares – e isso não acontece sem um doloroso atrito. Não há como pensar a determinação existencial e o encontro humano, fazedor

---

[1] *Sabedoria do nunca* (1999), *Ignorância do sempre* (2000), *Certeza do agora* (2002) e *Instabilidade perpétua* (2009), publicados pela Ateliê Editorial e reunidos em 2015 no volume *Testemunho transiente* pela Cosac Naify.

do "eu", sem realizar uma crítica do self negativo e de sua mística. Se o self esvaziado vê o mundo como algo a ser guardado no sopro do poema, o "eu" acontece porque toma o mundo para si, apropria-se dele. Caminhar entre essas posições é a tarefa do pensamento ontotopológico, ou seja, de uma filosofia que recolhe os lugares por onde o corpo do autor passou e, por isso mesmo, irrefutável: nada mais que a narrativa de um destino.

O capítulo 1, "O mundo estranhado: esboço de filosofia fisionômica", mostra a gênese do self negativo, examinando o caso Nietzsche. O texto foi apresentado pela primeira vez como performance e baseia-se na ideia de emprestar a própria ferida e suas marcas para ler os autores a partir de comunhões de posição. Já o capítulo 2, "De um lado a outro do entre", explicita a transição ontotopológica: passar de um lado a outro do entre é poder soletrar as obras de Martin Heidegger e de Peter Sloterdijk. Essa passagem e a mudança de afeto nela envolvida, bem como suas consequências, são o acontecimento filosófico decisivo do presente. O capítulo 3, "Sloterdijk: pensador do Dentro", apresenta a esferologia sloterdijkiana, suas matrizes winnicottianas e uma micro-história. Há muitas citações nesse capítulo, porém decidi não citar o original, embora ao longo de quatro anos eu tenha lido em alemão tanto as *Esferas* como os principais comentários sobre o autor. Para mim, foi fundamental jamais ter chegado a um domínio completo do idioma de Goethe, o que me coloca numa relação de exterioridade em relação à filosofia e me obriga a abordá-la sempre de fora. Excluído permanentemente do que amo – a filosofia alemã! – sou constrangido a uma relação mais profunda com a filosofia e estou impedido de mimetizá-la e carimbá-la, como é praxe nos círculos acadêmicos reconhecidos como competentes. No caso deste livro, minha imaturidade, no sentido paradoxal de Gombrowicz, que a elogia, me possibilita olhar os filósofos como crianças, que ocupam lugares numa linha ontotopológica. Esquematicamente, essa linha horizontal, que corre da esquerda para a direita, contém o Fora, o Entre e o Dentro (em outras palavras, o Nada, o Umbral e o Mundo). O capítulo 4, "Nascer para dentro, nascer para fora: a mãe", é meu autorrelato clínico, a história de alguém que foi jogado para fora. Eu devia isso aos meus leitores para poder tirar o self negativo da bandeja de prata blanchotiana e alocá-lo no escaninho das tragédias humanas. Esse testemunho é o umbigo existencial do livro. O capítulo 5 é composto de aforismos que giram ao redor da temática dos ensaios. O capítulo 6, "Para humanizar Heidegger: três variações", trata ontotopologicamente do pensador da Floresta Negra. Tal abordagem binocular inclui os dois lados do entre e permite desmonumentalizar, humanizar e desmistificar o mago de Meßkirch ao apreender seu lugar. Se na maior parte das vezes a tecnicalidade filosófica apenas duplica a fala e a letra, sem explicitar a posição, a escrita topológica vai direto ao *lócus* de um pensamento sem necessidade de exegeses intermináveis. Acessar o lugar de um pensamento é o único modo de honrá-lo e também de superá-lo. O capítulo 7, "O íntimo e o êxtimo", discute a analítica da intimidade e critica o elogio da extimidade e o romantismo da psicose na filosofia francesa do pós--guerra. O capítulo 8 ressoa ao modo aforístico as proposições centrais do livro. Na sequência, o capítulo "Nascer para dentro no mundo de hoje" amplia o autorrelato do capítulo 4 e mostra o destino do pastor do ser na atualidade, por meio da história de uma ausência de transição e uma promessa fracassada.

Pelo resumo dos capítulos nota-se que, embora o livro trate de Nietzsche, Heidegger, Winnicott e Musil, entre outros, o autor-chave é Peter Sloterdijk. Nesse sentido, pode ser lido como uma pequena introdução ao pensamento desse filósofo, porém o mais correto seria lê-lo como um ensaio sobre a transição do Fora ao Dentro, da fronteira ao mundo e do desencontro ao encontro com Sloterdijk e não apenas sobre ele. O livro é também o início de minha climatização no interior cronificado da tecnosfera e da despedida de antigas ilusões revolucionárias.

1
O mundo estranhado: esboço de filosofia fisionômica

> *Quando busco a mais profunda antítese de mim mesmo, a mais incalculável vulgaridade de instintos, encontro sempre minha mãe e minha irmã – crer-me aparentado a tal* canaille *seria uma blasfêmia a minha divindade.* [...] *A proximidade fisiológica torna possível uma tal* disharmonia praestabilita... *Confesso que a mais profunda objeção ao "eterno retorno", que é o meu pensamento verdadeiramente abismal, são sempre minha mãe e minha irmã.*
> NIETZSCHE, *ECCE HOMO*

É estranho que tudo o que eu, Nietzsche, encontrei logo que cheguei ao mundo estava em estado de atrofia e diminuição.[1] Meu corpo chegou pulsando vitalidade, já o

---

1 Esta leitura de Nietzsche é inspirada nos textos de Sloterdijk a partir da publicação da trilogia *Esferas*. O "método", entretanto, re-

corpo de minha mãe estava armado pelo espantalho de Cristo. Eu o abraçava, mas ele era imóvel e parecia uma cômoda de mármore. O corpo de minha mãe não ressoava com o meu e, quando me jogaram no berço, um crucifixo gelado esfriou minhas costelas. Fui então recuando e, ao invés de nascer para o mundo e mergulhar para o seu interior, vi um corpo vermelho e úmido de alergia e desconforto – o meu! – recuar e virar uma pergunta: quem são os sequestradores, de onde vêm e como tomam os corpos esses vingadores?

Eu poderia ter me falsificado inteiramente para entrar em sintonia com os corpos que encontrei; eu poderia ter me convertido num pastorzinho embolorado e ter tentado deixar de pegar o peito de minha mãe com a voracidade que tanto a assustava; mas eu me falsifiquei apenas pela metade: eu deixei a linguagem desses corpos me tomar para fingir um nascimento e, ao mesmo tempo, tornei-me uma suspeita muito aguda, uma suspeita de gelar o peito: há vida aqui? Por que não há mais vida aqui? Um enorme estranhamento e um pressentimento também enorme formaram a embocadura do meu começo. Vale dizer que, se de um lado tive de me levantar reativamente pelos cabelos para produzir e legendar

mete aos trabalhos do jovem Sloterdijk, quando ele recomendava o quinismo grego e o testemunho como antídotos ao academicismo e ao *lógos* descarnado; por isso falo de Nietzsche em primeira pessoa, na medida em que uma ferida similar autoriza um texto-amizade. Em termos brasileiros, trata-se de antropofagia. Há, ainda, apropriações dos livros de Sloterdijk sobre Nietzsche, a saber, *O quinto "evangelho" de Nietzsche* e, principalmente, *El pensador en escena: el materialismo de Nietzsche*. [N.E.: as referências completas dos livros citados estão na bibliografia ao final do volume.]

milimetricamente todos os meus comportamentos a fim de que eles fossem cabíveis e sintônicos com o corpo sequestrado que me recebia – e está aí incluído até mesmo o movimento da boca e dos bracinhos, tudo calibrado pela medida exausta do outro, pela medida da mulher-camelo –, de outro lado, em meio ao calafrio dessa falsificação, eu pressentia o dia do estopim, o dia em que eu poderia destruir e pulverizar toda a medida mensurada para dar lugar ao gesto puro e espontâneo, o gesto sem álibi, sem medida e sem legenda.

As primeiras questões já se abriam nesse primeiro começo, pois como é que o corpo roubado da mulher que não se deixava morder nem assaltar podia ser o bem, se minha pureza fisiológica e minhas antenas psicológicas indicavam que aquilo era o mal? Será que deus era o próprio pai do mal, como depois eu escreveria numa redação, aos treze anos de idade? O problema é que logo no início eu ainda não podia saber que aquilo que eu encontrava estava em estado de atrofia e de enfermidade, porque ainda não havia percorrido uma pluralidade de lugares nem escavado historicamente as medidas para encontrar sua multiplicidade. E se aquele corpo que me despejava para longe, desautorizando todos os meus gestos, fosse o corpo único (o corpo-essência), então eu seria apenas uma aberração de boca grande demais? Nesse caso não teria sido possível fugir nem escapar. Eu não teria encontrado minhas linhas de fuga. O endereço da atrofia seria o único e verdadeiro.

Mas, se esse endereço não era o único, conforme me soprava um pressentimento somático, então deviam existir outras origens e outras possibilidades. E foi esta a minha descoberta: todas as medidas e configurações são históricas e podem se modificar e transmutar. As medidas e as forças se apoderam das coisas e dos seres, às vezes se conjuminam bem e há um resplandecimento, às vezes as forças e as medidas enfraquecem e desvitalizam a potência dos seres. Foi assim que consegui mostrar que o corpo de meus anfitriões era apenas um certo tipo de corporeidade nascida historicamente de uma raiva e de uma vingança contra o corpo, mas que havia outros corpos, outras fisiologias e temperamentos... Cheguei a narrar uma história de 3 mil, 4 mil anos, mostrando a seiva vingativa que nutria o surgimento de duas grandes religiões, para demarcar a gênese dos corpos que encontrei em minha época. Se mostramos que alguma coisa começou e veio a ser num dado momento, então retiramos dela o seu poder, pois fica claro que ela não vigorou sempre nem está destinada a vigorar eternamente. Esse é o procedimento genealógico-desconstrutivo. Mostrar a gênese é desconstruir e abrir novas possibilidades. Se mostramos o começo de algo, podemos também decretar o seu fim e proclamar a vinda de alguma outra coisa. Foi assim que, já na minha primeira entrada, quando identifiquei no elemento socrático o princípio da decadência e a corrupção da marca característica da grecidade – o *polemos* entre o dionisíaco e o apolíneo –, então simultaneamente pude reivindicar a suspensão do "socrático" e o ressurgimento do trágico pelas mãos de Wagner e sob o patrocínio do meu relato!

Abrir novas possibilidades... Eis o que me é necessário.

Meu gesto incessantemente repetido e reiterado foi o de tentar rasgar, furar e atravessar a parede embolorada do meu primeiro endereço. Aplicado como um cupim e selvagem como um menino-tornado, eu precisava roer e tirar de cima de mim o corpo morto, todo conquistado por deus e pela metafísica. Na verdade, deus e a metafísica me mataram logo que nasci. Impediram que eu adentrasse. Impediram que de mim brotasse uma ação, e fiquei invadido e roubado pela máquina de sentido moral. Ela quadriculou e estipulou o sentido e a legenda de cada gesto. Ela se incorporou ao meu corpo, tomou-o e resfriou-o de tal modo que me sobraram o calafrio de um estranhamento e a pergunta. Esse estranhamento aconteceu porque a fisiologia e o temperamento do meu corpo não eram dóceis à invasão da máquina moral (por isso, como disse, não me tornei um pequeno pastor embolorado nem um filólogo acadêmico que apenas reage a estímulos livrescos, mas não sabe o que é pensar...), enquanto o corpo-familiar, tanto o da lhama, minha irmã, quanto o da minha mãe biológica, era inteiramente dócil e conformado com esse roubo. Meu combate com a metafísica e com deus foi um combate inteiramente físico com forças que haviam se apoderado de mim. A sede dessa luta, o lugar desse combate, foi o meu corpo. Era necessário que eu identificasse tais forças e encontrasse outras que fossem capazes de me conceder as migrações necessárias. Daí os tantos nomes de aliados e de adversários que pululam nos meus livros, entre tantos, Javé, Platão e Paulo de um lado; Dionísio, Zaratustra e Diógenes de outro.

Na 1ª série, os nomes que ratificam a origem em que fiquei barrado; na 2ª, os que me convidavam a vir, a nascer e a ressoar. Meus livros guardam a memória desse combate permanente. Guardam o gesto de finitizar historicamente os primeiros para lhes retirar o poder e também o grande anseio do retorno. O eterno retorno é o desejo de que volte sempre o vivo! Eu não quero que volte o morto e o reativo, aquilo de que busco me liberar. Quero que retorne o meu primeiro movimento, puramente afirmativo, no lugar aberto de um poder começar. "Inocência é a criança, e esquecimento, um novo começo, um jogo, uma roda a girar por si mesma, um primeiro movimento, um sagrado dizer-sim."[2] É a esse gesto puro e sem medida que aspira o meu eterno retorno. Ele aspira a uma ressurreição permanente no interior de uma imanência desimpedida.

Há milhares e milhares de comentários e teses sobre minha pretensa Doutrina do Eterno Retorno. Mas o eterno retorno, se o meu leitor se desloca do argumento filosófico para o umbigo do filósofo – como eu sempre recomendei –, é apenas a minha utopia mais íntima. Aspiro a encontrar na Terra uma festa de ressonâncias. Se encontrei um teatro de marionetes manipuladas por deus, meu sonho último é encontrar crianças inocentes e vivas, seres criadores.

Lamento muito que não haja tantas leituras dionisianas do meu pensamento. Uma leitura dionisiana é aquela em que o leitor me empresta sua ferida e sua dor para me compreender. É apenas nesse caso que sou devidamente encontrado. O *a priori* para que eu seja compreendido é "patocêntrico". Ao me examinar apenas como rede conceitual e malabarismo intelectual, o que a máquina universitária faz é apenas polir o monumento que virei e me deixar mais e mais só. Ela segue assim a recepção da minha mãe e da minha irmã. Minha irmã terminou me fotografando e me exibindo para turistas, além de enviar meus pertences para Hitler e Mussolini. A universidade também parece pegar os meus pedaços e embrulhá-los e, em vez de devorar-me por inteiro e nutrir-se de mim, realiza apenas uma cafetinagem parcial.

2   Friedrich Nietzsche, *Assim falou Zaratustra*, 2011, pp. 28-29.

Quero ser devorado e intimizado, encontrado naquilo que sou! Eu peço assim que o meu leitor se apresente! Só reconheço os argumentos *ad hominem*! Para me compreender é preciso mostrar que se tem sangue. Autorizo JP a me ler e a falar sobre mim porque, quando ele me encontrou pela primeira vez, passou a noite toda em claro. Entrou numa tal sintonia e numa tal ressonância com o corpo do meu livro que sentiu que aquilo havia sido escrito para ele ou que teria emergido dele mesmo como uma criatura sua. Não era um livro exterior, um livro--equação. Era algo saído do seu próprio corpo. Quando encontramos algo assim, quando dizemos "nossa, é isto, é isto aqui", "eu não acredito", então estamos na zona da hospitalidade e na zona do grande sim. É o lugar A, a província da intimidade! Nesse lugar podemos começar – começo girando e me adensando sobre um outro que sou eu mesmo, então meu corpo se estende e se esparrama sobre o mundo. É que o gesto nascido e brotado afirmativamente do meu corpo encontra um aliado que sintoniza com ele, e ambos ressoamos no interior de um espaço vivo e sustentado. Aí acontece um adentramento e uma tomada de medida. No meu caso, o nascimento foi para fora. O corpo ardeu no encontro com a medida inóspita e eu recuei. Recuei para o lugar-nenhum e tornei-me "imensurável num mundo de medidas e imponderável num mundo de pesos".[3] Tornei-me o próprio metro da verdade, o raio X e a genealogia de qualquer medida. Nascido no terror da medida que me invadiu e colonizou, ganhei um olhar para destrinchar e medir qualquer medida.

3   Referência ao poema "Que vou fazer, cego e enteado", de Marina Tsvetáieva, em *Indícios flutuantes* (*poemas*), 2006, p. 111.

Portanto, devo preveni-los... Muito cuidado ao falar de mim ou contra mim. Tudo o que você disser poderá ser usado contra você! Falar contra Nietzsche é apenas se delatar e contar do próprio lugar. Afinal, quem sou eu, quem é Nietzsche? Um sismógrafo, um raio X e um sorriso? Um self negativo que não quis virar místico, mas que lutou para ganhar corpo e órgãos e bateu na porta da hospitalidade, porém sem dizer pequenos sins por causa do excesso de suspeitas? Talvez seja isso mesmo, mas enquanto uma tal posição persistir em comparecer na Terra, a ferida estará bem guardada, e toda e qualquer humanidade estará impedida de se fixar.

Menino tornado menino, encontramo-nos na praia da ternura enlouquecida.

Encontro-me com JP na orla destas praias tropicais, ali onde só há movimento e dança tanto das nuvens como das ondas. Ali, junto aos caranguejos que correm, podemos adentrar a ternura exaltada. Minha própria filosofia, infelizmente, em poucos momentos chegou ao lugar da seriedade da criança brincante. Eu me consumi, quase por inteiro, na luta do leão com o camelo e tive de ser mais "não" do que o "grande sim" almejado. Se tive de me parir novamente contra um corpo teologal, JP teve de nascer de novo após seu completo assassínio por uma máquina pediátrica-psiquiátrica. Já logo em sua chegada ao mundo, seus gestos foram lidos como ataques terroristas de voracidade, gula e agressão. Réguas e médicos se debruçaram sobre ele, e JP, diagnosticado e domado, foi obrigado a advir a si na forma do bebê-morango de sua mãe. É surpreendente que ele não tenha se acomodado aí nem tenha coincidido com o corpo amputado que lhe deram. Por alguma razão misteriosa, o bebê-morango começou a azedar, e JP não perdeu a "memória medular da sua energia".[4]

A clausura no apêndice da mulher asséptica ganhou um rasgo e JP existiu o tempo todo num autoestranhamento fervilhante. Assim como eu, ele foi salvo pelo pressentimento e por diferir de si sob a vigilância permanente de um olho-assistente. A diferença é que, se no meu caso a luta se desenrolou sobretudo dentro do ascetismo filosófico livresco, JP levou o próprio corpo ao campo de batalha.

Foi lá pelos vinte, vinte e um anos, quando a sexualidade, tardiamente, começou a desabrochar naquele corpo, que JP tentou resgatá-lo do roubo e, em vez de conduzi-lo na direção das mulheres belas e elegantes, levou-o ao beco de travestis que se prostituíam. Se busquei os gregos da época trágica, se me dirigi a tudo o que não era cristão, mas pertencia a épocas fortes e grandes, JP tomou também a direção contrária ao seu legado, dirigindo-se não a mulheres perfumadas, mas aos travestis da rua. Nas madrugadas, protegido pela embriaguez, ele deslizava com o rosto enrubescido em infindáveis rondas sexuais. E o que eram essas rondas senão o grande anseio de ter o corpo resgatado para si, fora dos domínios colonizados? Quando esse jovem lobisomem paulistano começou a migrar e a salivar para as prostitutas de corpo vivo, numa frequência e intensidade cada vez maior, não era sua aspiração destruir e ultrapassar aquele corpo quadriculado, mera extensão e propriedade de uma anfitriã já devidamente sequestrada?

Só agora, depois de morto, quando enfim sosseguei e encontrei um lugar confortável, é que ouso perguntar quantas gerações são necessárias para produzir uma vida

---

4   Palavras de Artaud, em *Os escritos de Antonin Artaud*, 1983, p. 114.

inviável, uma vida destinada a reavaliar todos os valores. Minha sorte foi ter morrido razoavelmente cedo. Há um cansaço imenso num corpo incessantemente genético. Sempre tentei omitir esse cansaço e lhe opus a minha famigerada vontade de potência. No fundo ela era apenas minha terapêutica para o cansaço.

Quanto às buscas corpóreas de JP, elas logo se tornariam mais e mais problemáticas e cheias de remorso e pavor. Após algumas doenças transmitidas sexualmente, JP viu anunciarem na TV, em tom fatal e cores vermelhas, o advento de uma nova moléstia venérea. Era uma "peste gay" levando as pessoas direto para o túmulo em muito pouco tempo: a Síndrome da Imunodeficiência Adquirida. JP apalpou seus gânglios e concluiu que estava morrendo. Viveu então muitos anos como um moribundo na hora derradeira, cuja única despedida era despedir-se da promessa de nascer. E, a cada dia, assistia à sua vitalidade definhar e ser de novo capturada pela máquina médica e pelo diagnóstico.

Numa noite, num bar da região central da cidade de São Paulo, JP envolveu-se numa discussão com um homem que trabalhava com grupos para "aidéticos" e "terminais". JP o acusou de ser um escravo do diagnóstico e um ladrão do nome e da morte das pessoas. O homem, perplexo, não entendia nada do que seu interlocutor dizia, e JP então quebrou uma garrafa e se cortou. Quando o sangue começou a escorrer, JP gritou: "Este sangue não pertence à tua seita nem à dos infectologistas. Este aqui é o sangue anterior e eu te acuso pelo esquecimento deste sangue. Você não tem saudade do originário?". A angústia diante daquele homem que dizia encarnar o bem era tão profunda que ele mal sentiu quando a polícia chegou e lhe aplicou golpes até deixá-lo caído na calçada.

Após dois dias, JP começou um diário num caderno contábil de capa preta. Logo nas primeiras linhas, lê-se:

Quero preencher todas estas páginas com meu pânico estéril! Eu sou ainda o início de uma sentença nunca escrita e o lugar aonde ninguém vai e ninguém foi. Perdi todas as barcas, mas enquanto me afogo vou cravar estas palavras de combate. Talvez eu devesse ter inventado uma nova religião e um novo céu para os abortados, mas sempre desprezei a ilusão e a minha única religião foi o corpo vivo na exuberância de um começo sem palavra.

Quando leio essas palavras, eu, Friedrich Nietzsche, penso que, embora em fevereiro de 1985 JP ainda não tivesse me lido nem me conhecesse, ele já havia me encontrado e habitado o meu lugar.

Triste daquele que amou demais a própria origem. Aquele que honra o assassino ou desaparece ou realiza uma transvaloração.

[Parte deste texto foi apresentada na performance *O gesto repetido de Nietzsche e o tema da repetição* (São Paulo, 18 jun. 2013) e publicada em *Os paradoxos da repetição* (org. Dominique Fingerman. São Paulo: Annablume, 2014), obra que reúne os textos da série homônima realizada de maio a novembro de 2013 no Espaço Contraponto, em São Paulo. Na íntegra e com algumas modificações, o texto foi publicado na revista *Natureza Humana*, v. 16, n. 1, 2014, pp. 141-48, e no livro *Diálogos e incorporações*, de Juliano Garcia Pessanha, fruto do projeto de coedição entre La Sofía Cartonera (Universidad Nacional de Córdoba), Malha Fina Cartonera (Universidade de São Paulo, USP) e Mariposa Cartonera (2016).]

2
De um lado a outro do entre

Declínio da arte e apresentação de figuras extremas

Quem hoje habita o espaço literário necessariamente já se move no fracasso. E a razão é a seguinte: quando o mundo e a experiência guardam ainda alguma opacidade, o escritor tem amplas zonas por onde mover o seu dizer. Quando os processos de objetivação e de explicação submetem e dominam cada vez mais regiões da experiência, mais o dizer migra para o especialista e menor é o espaço da província literária.

Nos últimos cem anos, não só novas realidades saíram da clausura e da latência para entrar no mundo (os átomos, os quarks, o DNA, os genes, o sistema imunológico), mas também realidades que se encontravam fora do regime explicativo foram objetivadas e colonizadas pelo saber explicitante: a sexualidade por Freud; os sonhos, também pela psicanálise (Jung e Freud); a relação de dependência mãe-bebê por Winnicott; o mundo do outro, da outra cultura, por Lévi-Strauss e outros antropólogos; o mundo do trabalho por Marx; a moralidade por Nietzsche e Freud etc. Quando uma coisa, qualquer coisa, sai da latência e adentra no regime moderno de coisa explicada, muda completamente a nossa relação com essa coisa.

Um dos resultados desse desenvolvimento é que o dizer de uma certa realidade fica colonizado pelo saber que a explicou e a conduziu à luz. Chancelado pela rubrica da verdade e da operatividade, pois a realidade, uma vez explicitada, é passível de controle e intervenção (pense, por exemplo, no ombro e no joelho fraturados antes e depois da ressonância magnética ou numa intervenção clínica para tirar uma criança do autismo após Winnicott), todo o dizer vai sendo arregimentado e calibrado pela linguagem, que doravante abre o acesso mesmo àquele determinado setor da experiência. Esse processo, que constitui o próprio cerne da modernização do mundo e que foi magistralmente descrito por Peter Sloterdijk no último volume da trilogia *Esferas*, deixa o escritor cada vez mais acuado e sem ter o que dizer! O próprio narrar e a leitura, como atividades de reconhecimento e de reconfiguração da experiência, cedem lugar e são transferidos em grande parte ao campo de outras disciplinas das chamadas humanidades. Simultaneamente a isso, alguns psicanalistas, etnólogos, cientistas naturais e filósofos começam a narrar coisas mais interessantes que os escritores, e de melhor maneira. Penso aqui no psicanalista paquistanês Masud R. Khan e nos relatos clínicos que integram seu livro *Quando a primavera chegar*, bem como no quase romance filosófico de Sloterdijk, *Esferas*, mais de 2300 páginas luminosas de uma história cujo protagonista é o espaço. No caso do campo "psi", é bastante claro que ele toma grande parte de um terreno outrora da literatura: é nos consultórios que muitas histórias são hoje contadas e recontadas cotidianamente, e também é lá (com um especialista) que a dor e a pergunta buscam um lugar mais "acompanhado" que o diário, a escrita e a leitura.

O interessante é que nessas condições de perda de terreno para os especialistas, o escritor tentou imitá-los e converteu-se ele próprio em especialista e profissional da literatura. Essa reação contrafóbica ao fracasso levou a um fracasso cada vez maior da literatura. Em vez de ruminar o fracasso e deter-se na dificuldade cada vez mais aguda de dizer algo ou mesmo de, num grito, indignar-se com a situação[1] na qual nos encontramos – indignação à altura de quem sabe que perdeu o orvalho e sofre com isso –, em vez de ruminar esse acontecimento e adensar o silêncio e uma outra relação com a linguagem, o escritor atual tentou imitar o vigor do dizer dos especialistas e saiu por aí, doido, atrás de ideias e de ter o que dizer (como Indiana Jones atrás da arca perdida), procurando assunto. O escritor atual tornou-se o camaradinha criativo atrás de ideias e histórias, um caçador de vivências e gírias. Em sua fuga contra o fracasso, ele parece ter esquecido que quem tem milhares de ideias e projetos é o publicitário; o escritor real muitas vezes tem apenas uma ferida cujo nome desconhece mas que lhe concede silêncio e uma palavra gaga e balbuciante.

A palavra da arte é coisa de recém-nascido ou moribundo, de quem não está acostumado com o mundo, mas

---

1 Situação na qual o homem já não consegue acessar a si mesmo a não ser pela mediação dos saberes e pelo dizer dos especialistas. Dito filosoficamente com Heidegger: situação na qual o processo de objetivação já englobou e já engoliu o objetivante, o sujeito, e o objetivado; ambos estão nivelados e igualados, o que pode ser visto no belo livro *Heidegger e a essência do homem*, de Michel Haar.

sim muito mais tocado por sua emergência e sua desaparição do que envolvido em sua estabilidade. Tanto aquele que acaba de nascer como aquele que está para morrer sabem que a linguagem acontece em nossa boca quando, desabados e desintoxicados dela, estamos tensos no surto-susto do mundo. Sabem que "Antes que a palavra / Invada a face / O olho arde",[2] o corpo treme. Já o escritor de meia-idade, estabilizado no mundo, vive na precedência da palavra e das referências culturais: é um produto cultural e um malabarista. Daí sua falta de vigor. Seus livros não *nascem*, mas são produzidos e já chegam com crítica e editora. A exemplo do colega acadêmico que explica tim-tim por tim-tim o que fará ao Lattes, o escritor profissional também ajusta seu dizer ao âmbito da compreensão de seu financiador e do mercado e, nessa calibragem mútua, garante-se a tautologia, a duplicação do mesmo, a agonia do "totalmente já pensado – totalmente já sabido", nas palavras de Gilberto Safra em uma de suas aulas.

É óbvio que há também escritores de meia-idade, diferentemente dos nascidos há pouco e dos moribundos, que não são mera dublagem do mesmo e cujo dizer está marcado por experiências reais. Mas o acontecimento hoje hegemônico é que a literatura e a palavra literária, as quais supostamente constituíam a última zona de imunidade contra a invasão do dizer objetivante dos especialistas, tornaram-se elas próprias uma zona objetivada e colonizada por especialistas e competentes. Catadores de discurso e caçadores de vivências têm hoje à disposição de sua produção retórico-estética muito mais assunto. O cardápio estendeu-se muito, pois a própria zona do

2 Márcia Chieppe, *Lume do dia*, 2009, p. 11.

recém-nascido e do moribundo, esquadrinhada e esclarecida pela filosofia do século XX, tornou-se assunto para mais saques discursivos.

Não há como negar que a filosofia e a psicanálise esclareceram topologicamente tanto o escritor de meia-idade como o segredo do escritor recém-nascido. Mesmo este último, embora se sinta abrigado no mistério, já não constitui mistério algum para uma antropologia filosófica renovada e radicalizada. Ela está em condições de mostrar que o dizer da inauguralidade é um presente da inospitalidade e do desencontro, enquanto o dizer estabilizado é um presente da hospitalidade e do adentramento no mundo. Adentrar o mundo é ter preenchimento, é abandonar a zona oca do recém-nascido para receber a companhia e a visita de hóspedes duradouros. Há preenchimento quando há identificação com o mundo e introjeção do mundo. Nas palavras de Sloterdijk em *Esferas I*, "quando um bebê aporta neste mundo ele se convence do conveniente de ter nascido, da vantagem de ter nascido porque encontra hospitalidade". Leia-se:

> Ele encontra mamilos felizes, eudaimônicos, espíritos-caramelo benignos, ampolinhas conjuradas, fadas bebíveis que velam discretamente em seu berço para irromper de vez em quando tranquilizadoramente no seu interior. Não se escava no indivíduo, por uma soma de invasões proveitosas, uma gruta de amor na qual haverá um aposento comum para a vida toda, a vida inteira?[3]

---

3   Citação ligeiramente modificada da edição espanhola de *Esferas I*, 2003, pp. 96-97. Tradução do autor.

Quando esses visitantes chegam aconchegadamente, acabamos nos arredondando e nos envelopando com eles numa festa um tanto egoísta aos olhos do escritor recém-nascido e do moribundo. Ficar com os próprios "objetos" não é despachar o susto, a perplexidade e a morte? E quem cuida do oco, quem ama o desaparecido? O escritor moribundo é aquele que, tendo ficado oco e vazio, não se tornou assassino nem psicótico, mas uma flauta ou uma concha ressoante.

O homem preenchido e acompanhado é como um ovo com dois furinhos nas laterais. Esses furinhos garantem que ele possa chorar num filme, apaixonar-se num cruzeiro ou mesmo comover-se com o mendigo que geme de frio. Já o homem da solidão não visitada equivale a um ovo cortado ao meio. Ele é mais miserável que o mendigo, vive em estado de paixão permanente e não precisa ir ao cinema. O rasgado canta porque vive na espera do acontecimento que não aconteceu.[4]

Dizer é uma fome de tocar. Tocar para que a visita do outro aconteça. Tocar para perfurar o umbigo esquecido. Se você está no meio de ovos com furos diminutos ou com bandagem sobre eles, você canta e grita com mais intensidade. Canta loucamente! Aconteceu isso comigo, aconteceu algo muito estranho. Por alguma razão misteriosa, tornei-me tudo o que eles esqueceram. O ovo que sou tem

---

4   Esses personagens conceituais de minha topologia dialogam com a tipologia cunhada pelo psicanalista pós-winnicottiano Gilberto Safra em seu livro *Hermenêutica na situação clínica: O desvelar da singularidade pelo idioma pessoal* (2006). Nessa obra, ele propõe a existência de três diferentes modos de ser do homem na atualidade: bidimensional, tridimensional e abismal.

apenas a base. Não encontrei clipe, cola, zíper, nem muito menos a parte faltante. Tornei-me, então, todo olhar de atenção. Escutava qualquer respiração e qualquer salivar. Tornei-me um sismógrafo amoroso, um amistômetro. Quem-eu? Que-eu? Ah, o amistômetro, o ledor de aberturas. Eu estava, então, na antítese do ovo blindado. Minha paixão era brincar de ser táxi pelas madrugadas. Pegar as pessoas pelos pontos de ônibus e levá-las para casa. Conduzi-las ao endereço próprio. Um homem sem endereço leva os outros ao destino. Que paixão imensa pelos desconhecidos que entravam. A palavra arrebatada surgia nos discursos para convidar as pessoas a entrar no táxi. Eu era um funcionário clandestino no tempo do prefeito Jânio Quadros, enviado para a melhoria da locomoção na cidade de São Paulo. Trabalhava em uma zona de a-legalidade onde o transporte era gratuito e as discussões sobre o sentido da vida estendiam-se até Cotia, Carapicuíba, Vargem Grande e Taboão da Serra. A palavra arrebatada seguia até o momento de deixar o passageiro em casa. No instante derradeiro, o passageiro escutava: "Eu, chofer infinito e buraco despovoado, ouso agora te narrar, porque é interessante o que vi e pressenti de ti".

Mas essa palavra descosturada e desarticulada, esse dizer que torcia o pescoço das palavras, dito sempre no susto de um começo e no rasgo da cratera, esse dizer ia me afastando tanto dos colegas advogados como dos colegas filósofos. Em pouco tempo, sem nada concluir e sem conseguir me colocar no mundo, fui passando de caso psiquiátrico a caso policial. Eu não tinha nenhuma competência mundana. Queria saber qual era o bilhete de entrada, qual era a senha para abrir a porta do mundo. Eu não sabia que o mundo é um presente da hospitalidade.

Quando um ser humano aporta neste mundo e encontra os tais mamilos felizes e as fadas bebíveis, ele toma o leite e se deixa tomar por ele.[5] Toma e é tomado! Ele se faz no ente. Identifica-se com aquilo que canibaliza e mergulha. Quando há sossego e aconchego, mergulhamos... Nesse adentramento, vai-se progressivamente apagando o oco e tomando o rosto e a palavra do mundo. Ser capaz de uma palavra do mundo, de uma palavra mundiforme, era esse o meu sonho. Tentava imitar e simular a língua mundiforme e a palavra normalizada, mas a cratera logo aparecia e eu era desmentido. Durante muito tempo, vivi suspenso na perplexidade. Minha boca ficou muda e as palavras desabaram. Para falar qualquer coisa, eu fazia ginásticas incríveis e imitava e roubava os relatos alheios. Acompanhava e monitorava cada produção linguística com a angústia de saber-me fraudulento. Via os falantes normais e os invejava. Precisei ler inúmeros tomos de filosofias heterodoxas, principalmente Martin Heidegger e Maurice Blanchot, para me convencer de que eram eles, os falantes do mundo, que estavam enganados. Ao passar a me intimizar com a família dos frágeis e dos estranhos moribundos, inverti o jogo: eram eles, os de dentro do mundo, os normalizados, os que viviam no grande engano da aderência, pois a linguagem só acontece quando estamos fora dela, suspensos no susto de haver mundo.

5 É necessário esclarecer que o aliado pode ser qualquer um e de qualquer gênero, e o mais determinante é o modo como se provê a alimentação. Se o leite é ou não materno e se vem de um peito ou de uma mamadeira, é indiferente. O vocabulário que inclui "mamilos", "leite materno" etc. não deve encobrir que a questão fundamental é o caráter rítmico e sintônico do acolhimento.

A palavra é, então, a continuação do arrepio neste hóspede ligeiro que somos, é a continuação de um canto de assombro e de agradecimento. O esclarecimento da posição do moribundo e do recém-nascido não esmaga os poucos dizentes de primeira ordem que porventura consigam sobreviver sem proteção jurídica no interior do construtivismo agressivo da modernidade, mas esses serão cada vez mais minoritários e menos audíveis em sua vigília do clarão inquietante e da poética do ser. Tirando a grande maioria de habilidosos e espertos de terceira ordem (dubladores do mesmo), o "literário" recombinado com as humanidades aparecerá como um dizer de segunda ordem, pois não eclode da galáxia do silêncio, mas de experiências de si e do mundo, grifando, incorporando, dialogando e debatendo, desdizendo ou desabstratizando a argamassa dos saberes competentes (antropologia, psicanálise, filosofia, história etc.), que dizem do homem no interior daquilo que Peter Sloterdijk, tomando de Dostoiévski, chamou de palácio de cristal.

Da diferença entre o recém-nascido / moribundo e o adulto de meia-idade

No texto "Passageiro", Kafka escreve:

> Estou em pé na plataforma do bonde elétrico e totalmente inseguro em relação à minha posição neste mundo, nesta cidade, na minha família. Nem de passagem eu seria capaz de apontar as reivindicações que poderia fazer, com direito, na direção que fosse. Não posso de modo algum sustentar que estou nesta plataforma, que me seguro

nesta alça, que me deixo transportar por este bonde, que as pessoas se desviam dele ou andam calmamente ou param diante das vitrines. É claro que ninguém exige isso de mim, mas dá no mesmo. O bonde se aproxima de uma parada, uma jovem se coloca perto dos degraus pronta para descer. Aparece tão nítida para mim que é como se eu a tivesse apalpado. Está vestida de preto, as pregas da saia quase não se movem, a blusa é justa e tem uma gola de renda branca fina, ela mantém a mão esquerda espalmada na parede do bonde e a sombrinha da mão direita se apoia no penúltimo degrau mais alto. Seu rosto é moreno, o nariz levemente amassado dos lados termina redondo e largo. Ela tem cabelos castanhos fartos e pelinhos esvoaçando na têmpora direita. Sua orelha pequena é bem ajustada, mas por estar próximo eu vejo toda a parte de trás da concha direita e a sombra da base.

Naquela ocasião eu me perguntei: como é que ela não está espantada consigo mesma, conserva a boca fechada e não diz coisas desse tipo?[6]

Esse fragmento é interessante, pois nele há dois seres que estão no mesmo trem, mas de modos diferentes. Aquele que existe na posição instável interroga aquela que desce do trem e existe na posição relativamente estável e subjetiva. Dessa forma, o contra-aforismo da moça poderia soar assim:

Venho dentro de um bonde elétrico e estou ruminando a última conversa com meu noivo e algumas situações

6   Franz Kafka, *Contemplação e O foguista*, 1991, pp. 37-38.

recentes do trabalho. É óbvio que eu teria algumas reivindicações a fazer no que tange à minha pouca remuneração e gostaria muito de discutir com minha mãe sobre o meu vestido de casamento. Em geral eu não reparo muito nas pessoas, pois sempre fico entretida e, razoavelmente gravitada, repassando a temática bastante onipresente do meu próprio mundo. Minha interioridade me nutre bastante e as minhas perguntas não saberiam se formular sem a plataforma constante dessa interioridade. Hoje, excepcionalmente, ao descer do bonde, reparei em um jovem que olhava para mim. Eu nunca me senti tão vista e cheguei a me desarrumar um pouco. Ele era magro, de orelhas pontudas e sobrancelhas grossas e escuras como seu cabelo. Tinha o olhar um pouco assustado e me fez lembrar uma frigideira estalando num fogo já extinto.

Naquela ocasião, me perguntei: como é que ele não está sossegado como eu? Por que é que fica assim espantado e com a janela escancarada?

Lidos simultaneamente, esses dois fragmentos guardam as extremidades de uma topologia que abarca desde a posição desassossegada daquele que não dispõe de um eu, nem de familiaridade com o mundo (recém-nascido / moribundo), até aquele que se encontra na relativa estabilidade da posição subjetiva e do amparo no mundo (adulto de meia-idade). Se, ao escrever estas linhas, o sentido das palavras fosse desaparecendo e a materialidade delas crescesse com a brancura do papel até me engolir e eu já não soubesse mais me situar em relação à tarefa que estava realizando, então se poderia dizer que recebi uma visita da angústia. Na visita da angústia, a familiaridade do sentido se esvai e o ente emerge da estranheza. Heidegger dignificou essa posição e deu-lhe uma cidadania filosófica, na mesma medida em que mostrou que nasce aí uma outra relação com a linguagem. Na esteira dele, pensadores como Blanchot se detiveram nesse espaço do desastre. Espaço de pura exterioridade onde está ausente qualquer intimidade. Aí nesse lugar onde Kafka perambulava já não é o "eu" que fala e se exprime, mas o ser: "Aí onde ele está, só fala o ser – o que significa que a palavra já não fala mais, mas é, mas consagra-se à pura passividade do ser".[7] Esse lugar é um outro de qualquer mundo, e o poeta é aí conduzido pela exigência da obra. A exigência da obra arranca o escritor do mundo e o coloca fora, num lugar exterior e distante daquele onde vigora a digital e o "batismo" do sentido (província da cultura).

Para a esferologia sloterdijkiana, entretanto, a superação da posição antropológica pela visita do ser ou pela exigência da obra depende da catástrofe e do desencontro antropológicos: "*Man's calamities are Being's opportunity*", como brinca Sloterdijk. Afinal, quem é o habitante dessa região "onde a impossibilidade já não é privação, mas afirmação"?[8] Quem é o rapaz do bonde, o assustado com a janela escancarada? Ele é desprovido de mundo e de interioridade porque seu gesto inaugural foi vomitar e recusar o leite materno. Seu gesto foi um gesto-não! Enquanto a moça, ao tomar o leite, teve o corpo tomado por ele e pôde erigir-se um pouco, pôde, através desse pequeno "sim", começar a compor seus pequenos órgãos, o rapaz regurgitante permaneceu rasgado e oco e não pegou a senha de entrada no mundo. Se a moça começa a ganhar um

---

7   Maurice Blanchot, *L'Espace littéraire*, 1988, p. 21.
8   Id., ibid., p. 296.

corpo razoavelmente sossegado e habitado, um corpo capaz de mover-se por vários espaços e por temporalidades "dentro" do tempo, o rasgado, desprovido da ressonância inicial com o outro, guardará o espaço-tempo originário e, escravo da instanteação do instante (*Augenblick*), zanzará fora da temporalidade intratemporal. Estão aí revelados o segredo e a vantagem do nascer para fora do mundo? Aquele que nasce para fora canta, e a desmemória de si converte-se em memória do ser. Quando o relógio do mundo explode, o sino do ser badala na hora da pura dor.[9] Badala também a exigência da obra, ela própria uma esposa cruel que tira tudo do escritor, tanto o mundo quanto ele mesmo, para deixá-lo na visitação do *real*.[10]

Uma vez nesse espaço da visitação, o escritor fixa sua não-casa sem enlouquecer e sem delirar. O delírio é a ten-

---

9 Sentença que alude às palavras de Rimbaud no poema em prosa "Mauvais sang" em *Une Saison en enfer* (1873): "*Mais l'horloge ne sera pas arrivée à ne plus sonner que l'heure de la pure douleur!*" (Arthur Rimbaud, *Œuvres complètes*, 1972, p. 98).

10 A meu ver, a psicanálise de Jacques Lacan pode ser abordada a partir do diálogo subterrâneo com Heidegger e Blanchot. Por isso grafei a palavra *real* – uma palavra lacaniana, para homenagear o psicanalista que pensou o sujeito no interior desse contexto. Lacan sentou-se também à mesa do "êxtimo" e, nesse sentido, é alguém que releu o legado freudiano à luz da experiência central do *Ser e tempo*, de Heidegger. Também Lacan comemora a palavra poética como aquela que vive na tensão e no "limiar do silêncio e da letra", conforme o título do livro da teórica lacaniana Maria Lucia Homem (*No limiar do silêncio e da letra: traços da autoria em Clarice Lispector*). Sobre esse assunto, remeto também aos livros de Lúcia Castello Branco: *Chão de letras: As literaturas e a experiência da escrita* e *Os absolutamente sós: Llansol – A letra – Lacan*.

tativa de costurar um pseudo-eu ali onde ele sumiu. No delírio, o rapaz do bonde, por exemplo, para fugir do desassossego da indeterminação, decretaria ser o filho do dono da linha ferroviária; a moça, uma funcionária de seu pai, e algum outro passageiro, um rival perseguidor que pretende desmantelar aquela linha. Esse tipo de construção visa costurar alguma cena de sentido, exorcizando a pura aparição e seu fulgor escancarado.

Se o corpo oco e desencontrado daquele que vomitou a mamadeira não enlouquecer (não tentar costurar um pseudo-eu), então ele dirá a palavra do desencobrimento originário! Palavra de nascido para fora. Palavra alética de fidelidade ao oculto. A essa palavra sem narrativa, sem costura e sem intriga, mas condensada na tensão do incessante recomeço, opõe-se a palavra cultural do nascido para dentro. Se o homem do corpo preenchido conta histórias, o outro conta do mistério de haver histórias! A essas duas palavras correspondem os dois tipos de analítica: uma analítica da solidão (Heidegger e Blanchot) e uma analítica do estar acompanhado (Sloterdijk e Winnicott). A diferença entre o rasgado que guarda a palavra de primeira ordem e o acompanhado que diz apoiado e localizado no interior do mundo é a mesma que há entre as poéticas da exterioridade e as da intimidade. Elas se assentam na diferença fundamental entre estar fora e estar incluído.

Adendo clínico: curar-se das figuras extremas

Se a diferença fundamental é aquela entre estar exposto, estar no puro exterior e estar ocupando um espaço interior, resta apenas dizer como é que se dá o adentramento nesse Interior, e para isso é necessário entender de aliados, acompanhantes e ressonâncias. O Exterior e a perplexidade seriam nosso endereço permanente, e o enigma nossa única matriz, se o ente jamais chegasse até nós convidativamente e numa área de hospitalidade. É uma área assim aquela em que o "bilu-bilu" dito pelo anfitrião complementador realmente nos convence de que aquilo que tomamos para nós é uma criatura nossa, viva e pulsante. O abraço do aliado delimita a fronteira de um ovo, um envoltório protetivo, no interior do qual aquilo que vem ao encontro adquire uma feição familiar e uma digital humana. Se estamos Dentro, já não estamos soltos ao "pé das coisas e ao pé das pessoas", como diz Sloterdijk em seu *O estranhamento do mundo*. A delimitação do abraço opera uma transfiguração, pois o que surge nesse espaço, longe de ser uma simples coisa no jorro estranho de uma fulguração alética, passa a ser, na medida em que nomeados e tocados pelo aliado, uma coisa amiga, uma entidade benigna que se derrama sobre mim, povoando-me e tirando-me lá de Fora. Ser resgatado da exterioridade é experimentar alguma coisa como um demônio benigno que me possui e me toma no mesmo momento em que eu a tomo. Adentrar o mundo tem a ver, portanto, com a participação em relações de proximidade, e Sloterdijk, o grande pensador do Dentro e dos espaços interiores, diz que já não devemos mais supervalorizar os recém-nascidos e moribundos. Essas figuras da estranheza e das extremidades alimentaram toda a xenofilia das ontologias do século XX e já é hora de deixarmos para trás o romantismo do aberto e do evento para termos uma relação mais amistosa com nosso mundo. Para Sloterdijk, devemos cuidar do mundo construído por nós e desconfiar de pensadores como Heidegger e Blanchot, que fazem da impossibilidade de ir longe e fundo no mundo uma virtude transfigurada. Não se trata de antipatia arbitrária pela exterioridade, mas da compreensão de que o ser humano floresce na intimidade e enlouquece e definha na exposição ao exterior.

Paradoxo da exterioridade

Quando alguém lê efetivamente os autores da exterioridade, aliando-se a eles, então nesse próprio gesto encontra-se o desmentido da exterioridade e da perplexidade. Se em alguém ressoa vivamente a leitura de Heidegger e Blanchot ou Kafka e Levinas, então o que acontece nessa leitura já não pode ser soletrado no interior da semântica desses autores, mas apenas numa outra que ouse pensar os encontros fortes e uma poética do encantamento. Como pode um autor do exílio ser casa para alguém? E um autor da solidão tornar-se companhia? E assim é. O encantamento existe quando aquilo que encontramos carrega um pedaço de nós mesmos. E é exatamente essa experiência de alegria, ressonância e expansão de si que está ausente na obra dos devotos da exterioridade. Os autores da exterioridade não explicitam aquilo que eles possibilitam: o encontro.

[Parte deste texto foi lida no evento Encontros de Interrogação, (novembro de 2012) e posteriormente publicada no jornal *Pausa* (Belo Horizonte, n. 100, 2013). Na íntegra, consta em Francisco Bosco, Eduardo Socha e Joselia Aguiar (orgs.), *Indisciplinares*. Rio de Janeiro: Funarte, 2016. (Coleção Ensaios Brasileiros Contemporâneos.)]

3
Sloterdijk: pensador do Dentro

I. Paradigma imunológico e analítica do lugar

Peter Sloterdijk nasceu em 1947 na Alemanha. Veio ao mundo, portanto, no imediato pós-guerra. Nascido nessas condições, com o indescritível "às costas e tatuado com um horror incondicional",[1] era um candidato a realizar na filosofia uma espécie de virada imunológica. Quem nasce em meio a uma tradição de destruição está existencialmente apto a levantar questões topológicas em torno do habitável: onde estão os homens? Em que consiste, afinal, este oxigênio que denominamos cultura, em cujo interior existimos e respiramos? Em que condições um ser humano floresce e vem ao mundo ou fracassa e fica detido em espaços infernais?

Sloterdijk é talvez herdeiro da concepção nietzscheana do filósofo como médico da cultura: um médico hiperlúcido que olha as culturas do exterior, tem "o dom obscuro

[1] Peter Sloterdijk, *Venir al mundo, venir al lenguaje: Lecciones de Frankfurt*, 2006, p. 49.

dos vampiros" – expressão usada em *O sol e a morte* – e que, embora parta metodologicamente de uma melancolia radical, não toma o partido da exterioridade. Ao contrário de grande parte dos filósofos do século XX, Sloterdijk está interessado em pensar os espaços interiores, sua arquitetura, seu design e sua conformação, e isso pela simples razão de que os seres humanos, desde que temos notícias deles, sempre existiram no interior desses espaços.

Seres humanos são arquitetos de espaços interiores. Jamais viveram numa relação imediata com a natureza ou na proximidade dos fatos,[2] mas sempre no interior de receptáculos autogerados, onde tudo o que é encontrado está submetido a climatizações simbólicas, calibragens semiológicas e atmosférico-afetivas. A cultura como "forma imunológica" nasce precisamente de um pacto contra a exterioridade, e a tarefa que Sloterdijk se impõe é descrever esses receptáculos. Tal descrição levada a cabo na trilogia *Esferas* oferece uma narrativa filosófica poderosa. Esse relato permite localizarmos nosso endereço epocal em termos de morfologia imunológica. Ele é poderoso, pois o pensador de Karlsruhe diferencia morfologias pré-metafísicas, metafísicas e as da modernidade. Isso significa dizer que o relato sloterdijkiano abrange desde os primeiros hominídeos na savana africana a erguer suas primeiras tendas-mundo, passando pelo sábio grego a contemplar a maravilha da ordem cósmica na aurora da primeira globalização, até o homem introduzido numa cápsula astronáutica ou num aparelho de tomografia computadorizada.

Em termos da história da filosofia mais recente, a descrição dos receptáculos imunológicos equivale à realiza-

2 Ver *Esferas I: Bolhas*, 2016.

ção de uma analítica existencial do lugar. Uma analítica do ser-em. Sloterdijk paga assim uma nota promissória que Heidegger havia deixado pendente por causa de sua excessiva alergia ao mundo estabilizado e aos espaços domados.[3] Como Hannah Arendt, Sloterdijk olha para Heidegger de forma estrábica e complementar e, reivindicando a herança bachelardiana, mostra que o pensador da Floresta Negra não pôde discriminar entre o pequeno e o grande. O homem não é um ser jogado para dentro de uma única grande esfera impessoal, mas alguém que é parido, recebido no mundo e transita de um espaço a outro. No início, sai do calor sonoro da piscina amniótica e da sustentação do íntimo placentário para encontrar o colo e o berço. Descrever essa transição do pequeno ao grande é a tarefa da esferologia. As esferas comandam as migrações e o que é transferido do mundo miúdo (microsfera) ao imenso (macrosfera).

Esferas I tem o subtítulo *Bolhas* e se detém nos espaços microsféricos, o que equivale a desenvolver uma on-

---

3 Heidegger é um pensador do movimento originário e, exatamente por pensar dessa posição, ele é um "pouco cego" para o mundo instituído. "Seu pensamento originário ou o que vem a ser quase sua proeza (*Tathandlung*) é o salto ou o lançar-se em uma circunstância na qual não encontra, nem em si mesmo nem sob seus pés, outra coisa a não ser mobilidade. No seu caso, a cinética precede a lógica, ou se se permite o giro paradoxal, o movimento é seu fundamento. O impulso de sua palavra é expressar a mobilidade, ou melhor, alcançar com a palavra-movimento a mobilidade verdadeira e inevitável. Consequentemente, merece ser caracterizado, como nenhum outro filósofo antes dele, pela incomum e não bem esclarecida fórmula: o pensador no movimento" (citado em Carla Cordua, *Sloterdijk y Heidegger: la recepción filosófica*, 2008, p. 48).

tologia do íntimo e das relações simbióticas. Esses espaços jamais são ocupados por um só elemento. Se eu conto a alguém que vi um bebê entrar no mar, imediatamente meu interlocutor perguntará quem o carregava, quem estava *com* ele, pois não se vê um bebê sozinho por aí. Ora, a analítica sloterdijkiana pretende fazer jus à radicalidade e à intensidade desse *com*. O *com* é um estar em, um estar dentro. É uma espacialidade peculiar. Quem não a adentrou não pôde se sentar à mesa dos humanos. Definhou ou abortou de susto. Rasgou-se na exterioridade. Ninguém precede seus animadores, aliados e sustentadores. Descontados alguns pastores do ser, corpos sem órgãos e outros tipos de seres oco-abismais, a maioria dos *infans* recebe animação e preenchimento ao incorporar e canibalizar o sossego e o calor benfazejo dos sustentadores. Também a intimização e a familiarização com o mundo dependem da zona imunológica entre os aliados, pois é somente aí que aquilo que chega e vem ao encontro não emerge numa indomável fulguração alética, mas na hospitalidade do "como se tivesse sido criado por mim" (leia-se: "criado" entre os aliados).

Sloterdijk é um pensador do Dentro e dos espaços interiores. Para ele, o próprio nascimento é passagem de um interior mais estreito a outro mais amplo. No começo, como já dito, o *Dasein* concretamente qualificado sai do líquido onde está acompanhado e sustentado pelo primeiro *com*, a placenta, para, ao sair, encontrar o abraço da mãe. Transita-se, assim, de um primeiro estar-dentro íntimo para outro, uma mãe pensada aqui como um receptáculo imunológico, um lugar. Se muitos veem no umbigo a marca de uma orfandade radical, para a esferologia ele é o rastro de um outro que nos sustentou, o sinal de sua retirada causadora da individuação. Todo o individualismo moderno se fundamenta na mentira de que nascemos sós, quando, na verdade, sempre chegou um outro junto conosco. Nosso acompanhante, nosso pré-objeto mais íntimo, é destruído e dispensado, ao contrário das culturas nas quais a placenta é guardada em casa, transformada em amuleto ou colocada sob árvores específicas, assinalando assim a lembrança contínua do primeiro aliado.

A partir do corte do primeiro *com*, perco a comunhão de sangue para nascer no ar e ganhar respiração e voz para pedir o leite. Como se vê, migramos de dentro de uma esfera íntima para outra, a mãe, na condição de recipiente imunológico, proteção contra o exterior. Este é o ponto decisivo: se o ser humano é hiperexposto ao exterior e ao estranho, enlouquece. A psicose é a marca de uma mudança de envoltório fracassada. Se não há um outro que, na condição de anfitrião, nos dê as boas-vindas e faça um bilu-bilu na *aletheia*, inserindo-nos pouco a pouco no mundo, ficamos resfriados no susto e no pavor do exterior. As esferas acontecem entre os seres humanos como "criações espaciais imunologicamente efetivas para seres [...] [como nós] sobre os quais opera o exterior"[4] e o estranho. Esse pensamento central já não abandona Sloterdijk e é com base nele que se poderá redescrever as culturas e a própria filosofia como ensaios de arquitetura e design imunológico: elas visam conseguir, no grande, algo da proteção obtida no pequeno.

Começar do pequeno é começar do começo. É substituir o estar-lançado (*Geworfenheit*) de Heidegger, um tanto abstrato, pela temperatura e cor do berço. Onde a

---

4   Peter Sloterdijk, *Esferas I: Bolhas*, 2016, p. 29.

criança é lançada? Como é o berço? Há umidade e mofo no quarto? Como é seu aliado? Sloterdijk toma a sério a crítica bachelardiana a *Ser e tempo*[5] e desloca a atenção para o nascimento, frequentemente esquecido na filosofia, que opta por ressaltar a mortalidade.[6] Começar pelo início implica lembrar-se de que todos fomos bebês, nascemos frágeis e precários, e que não chegaríamos a nós mesmos e ao mundo sem a intermediação de outros seres humanos que nos complementam e nos sustentam. *Esferas I* mergulha no mar matriarcal pré-subjetivo e pré-objetivo a fim de iluminar os passos – e os "passos" aqui são sopros, mergulhos extáticos no mais próximo e incorporações produtivas – já necessariamente acontecidos quando reivindicamos o título de sujeito ou nos declaramos cidadãos do mundo. Ao contrário de seu mestre (Hei-

---

5   Antes de ser "jogado no mundo, como o professam os metafísicos apressados, o homem é colocado no berço da casa. E sempre, nos nossos devaneios, ela é um grande berço. Uma metafísica concreta não pode deixar de lado esse fato, esse simples fato, na medida em que ele é um valor, um grande valor ao qual voltamos nos nossos devaneios. O ser é imediatamente um valor. A vida começa bem, começa fechada, protegida, agasalhada no regaço da casa" (Gaston Bachelard, *A poética do espaço*, 2012, p. 26).

6   "Intimidados e fascinados pela sua mortalidade, passam por cima do ter-nascido como por cima do que há de mais casual. O *cogito* da morte sufocou mesmo o mínimo começo de um *cogito* do nascimento... até a Heidegger e até hoje" (Peter Sloterdijk, *A mobilização infinita: Para uma crítica da cinética política*, 2002, p. 146). Uma das exceções nesse longo percurso do esquecimento da natalidade encontra-se em Hannah Arendt, cujo pensamento pode ser lido em muitos aspectos como resposta aos déficits e pontos-cegos de Heidegger.

degger), que começa sua analítica por uma cotidianidade na qual adultos já se encontram pretensamente inseridos e familiarizados em um sentido público, Sloterdijk recua até o quilômetro zero para mostrar quais são os processos de enraizamento que possibilitam a familiarização e a intimização com o mundo: a descrição fenomenológica desses processos é o tema da microesferologia *Bolhas*.

Já *Esferas II* tem o subtítulo *Globos*. Nele Sloterdijk estuda a grande época metafísica e seu projeto imunológico específico, a saber, que o ente em seu todo, incluídos nós mesmos nele, está Dentro: tudo o que é se encontra protegido e amparado sob o império de uma forma organizada. Tudo está localizado, contido e envolto por uma periferia máxima, e o centro irradiador persiste vinculando e nutrindo tudo o que é. Como escreve Sloterdijk,

> com a imagem da esfera se estende o evangelho da inclusão total: nada real pode estar verdadeiramente fora, nenhuma coisa existe separada do *corpus* e *continuum* do uno, a meditação filosófica do envolvente deixa claro [...] que um universo, por maior que se suponha, pode ser representado como espaço interior e como esfera compartilhada de força e sentido.[7]

Para o homem da era metafísica, estar no mundo equivale a um estar-em-Deus. Platão é o designer dessa nova situação, ele é o "imunólogo chefe da era metafísica" e seu desenho perdurará bimilenariamente. *Esferas II* descreve ao longo de mais de novecentas páginas as vicissitudes da forma imunológica globo, desde sua aurora

---

[7] Peter Sloterdijk, *Esferas II: Globos*, 2004, p. 107.

na primeira religião do logos, passando pela elaboração do cristianismo nos termos prévios da ontologia da esfera – afinal, a forma omnienvolvente da esfera, objeto da veneração dos sábios gregos, já lograra seu objetivo imunológico de exorcizar a exterioridade bem antes da vinda de Cristo –, até a tragédia morfológica, resultante de um processo de infinitização de Deus e do universo, que conduz à modernidade.

Para nós, modernos, é difícil recuperar a experiência do que seria estar amparado por um todo envolvente e por abóbodas celestes. Há mais de 450 anos que o universo fechado deu lugar ao mundo infinito, e a palavra *cósmico* perdeu a letra S. Nós compensamos essa perda com a construção de um mundo artificial civilizador (recentemente uma empresa telefônica se apresentava na TV como um toldo envolvente para a humanidade) e com a tecnificação da imunidade. Com o colapso da esfera, o homem moderno é expulso de Deus e encontra uma exterioridade generalizada. Ele já não está mais Dentro, mas na superfície rugosa do globo terrestre e é ele mesmo quem deverá construir seus sistemas imunológicos. Essa nova situação, esse ex-centrismo não satânico que constitui a modernidade, liberou os homens do imobilismo e os lançou no movimento e na ação. O cálculo e o seguro entram no lugar de Deus, e a palavra fundamental da era moderna é *descobrimento*, algo que designa o "superacontecimento da tomada e registro da Terra e que se refere ao conjunto de práticas mediante as quais o desconhecido se transforma em conhecido, o não representado em representado ou registrado".[8]

8 Id., ibid., p. 781.

Com a morte da esfera abrangente, e sua geometria de segurança, começa a entrar em cena o planeta Terra e o processo de globalização propriamente terrestre. Isso significa que, para Sloterdijk, a primeira globalização é grega e

> reside na racionalização da estrutura do mundo pelos antigos cosmólogos, que, pela primeira vez, com seriedade conceitual, melhor dizendo, com seriedade morfológica, construíram a totalidade do ente sob forma esférica, tendo oferecido essa imagem ordenada à consideração do intelecto.[9]

Já a globalização terrestre equivale, grosso modo, ao período que vai de 1492 a 1945 e que Sloterdijk considera terminado. Essa globalização não é mais um tema para geômetras e sábios, mas problemas a serem "resolvidos pelos cartógrafos e aventura a ser vivida pelos marinheiros".[10] A essa segunda globalização segue-se a eletrônica e o envolvimento da órbita terrestre por satélites. Esse último período (terceira globalização), que vivemos hoje, Sloterdijk chama de "palácio de cristal" – expressão cunhada por Dostoiévski em 1862 – ou *global age* ou ainda "pós-história". Em termos imunológicos, o palácio de cristal é a transposição do "mundo exterior enquanto todo para uma imanência mágica, transfigurada pelo luxo e cosmopolitismo".[11] Nesse estágio palaciano, o que vigora não é assunto para geômetras nem cartógrafos e marinheiros

---

9   Id., *Palácio de cristal: para uma teoria filosófica da globalização*, 2008, p. 18.
10 Id., ibid., p. 26.
11 Id., ibid., p. 185.

ousados, mas para climatólogos, ecólogos e economistas políticos competentes.

Seguindo a obsessão morfológica que Sloterdijk conta ter herdado de Spengler, *Esferas III* trata de nosso próprio endereço epocal e por isso leva o subtítulo *Espumas*. Essa imagem diz de um mundo onde não estamos mais reunidos e conectados com um reator central do ser e muito menos em que pudéssemos constituir uma confraria de coanimados pelo sustentador nuclear. Não. Na espuma nos movemos por pequenas bolhas descentradas, maiores ou menores, e tanto já não podemos acessar uma visão clara do todo quanto aquilo que nos sustenta e nos anima – conformando um espaço interior – será sempre pura exterioridade para o vizinho e para o outro. Há ainda o risco de resfriar e virar um "ponto depressivo isolado" por falta de força conformadora de espaço psíquico.

O regime das espumas é poliesferológico e se inicia após a implosão do globo e a morte de Deus. Ele implica uma ontologia pluralista e uma espécie de nova modéstia, pois o existir em espumas ou ser-nas-espumas diz de uma situação na qual as supervisões não são mais possíveis. As espumas são coisoladas, mas inacessíveis umas às outras, como apartamentos de um mesmo prédio. Há multiplicidades espaciais e cada uma delas constitui-se autorreferencialmente e não consegue assimilar a exterioridade dos vizinhos. Não há nada comum entre eles, exceto uma "infiltração mimética de normas e estímulos e mercadorias contagiosas".[12]

Esferas III contém a analítica mais instigante e fecunda do que é estar-no-mundo na era do construti-

---

12 Id., *Esferas III: Espumas*, 2009, p. 52.

vismo agressivo e da explicação como ofensiva contra o oculto e a latência. O exemplo mais extremo desse construtivismo é a astronáutica tripulada. Fazer uma estação orbital não é colocar algo no meio ambiente, mas instalar o próprio ambiente no qual o existir e o "poder permanecer no mundo se torna plenamente dependente de doadores técnicos de mundo".[13] É o caso de uma estação orbital como máquina de imanência. Para que um astronauta respire e viva nessa máquina, é necessário que a respiração, a água, o ar e os excrementos estejam inteiramente tematizados e esclarecidos. Se, para produzir uma prótese de braço, o ente braço precisa estar dominado, do mesmo modo, a astronáutica mostra que o próprio mundo da vida pode ser protetizável. Assim, à pergunta "onde estamos quando estamos no mundo de hoje?", *Espumas* dá uma resposta contemporânea forte e consistente: estamos em "espaços humanamente habitados, simbolicamente climatizados"[14] e construídos de maneira artificial com base no desencadeamento dos processos de objetivação.

Sloterdijk não apenas reposiciona a filosofia mais recente, mas também, com sua abordagem imunológica, modifica tanto a maneira de fazer filosofia como a de contar sua história. Ele nos força também a desenvolver mandíbulas de sucuri para sermos capazes de abocanhar e digerir uma erudição e uma obra gigantesca, paradoxalmente tão clara, que prescindiria de comentário.

---

13   Id., ibid., p. 246.
14   Id., ibid., p. 35.

II. Virada winnicottiana

Se as filosofias do século XX dialogaram sobejamente com a psicanálise de Freud e Lacan, parece que uma das novidades do pensamento de Sloterdijk é substituí-los como mestres em assunto antropológico por Donald W. Winnicott. Tal substituição acarreta uma mudança de acento e uma virada de *Stimmung,* pois o tom trágico e agônico dos dois psicanalistas primeiramente mencionados dá lugar a um pensamento mais centrado nas figuras do amparo e da sustentação. A aliança com o autor inglês é compreensível também à luz da rejeição sloterdijkiana das antropologias da carência e da "síndrome pessimista" do século XX. Nesse sentido, Winnicott não só aparece no lugar de Freud e Lacan, mas contra esses dois autores e outros como Gehlen, Schmitt e Adorno. Para Sloterdijk, muitos desses autores são modernizadores da doutrina do pecado original.

A questão central da psicanálise winnicottiana é o florescimento do self por sustentação ambiental ou sua aniquilação por falha nessa sustentação. As mães são pensadas como estufas criadoras do si-mesmo dos bebês, que precisam do cuidado materno como se fossem fogareiros nos quais o verdadeiro si mesmo é cozido no fogo lento e brando das atenções e cuidados. Uma "mãe morta", ausente ou deprimida, aquela que não se relaciona com seu bebê, ou ainda a mãe hiperpresente, mas insensível ao que é próprio do filho, são fortes candidatos a aniquilar o self incipiente (relembrando que mãe, aqui, equivale a qualquer aliado complementador, na linguagem de Sloterdijk). O analista winnicottiano, em vez de decifrar o inconsciente reprimido, usando a técnica freudiana e seu *talking-cure*, será alguém capaz de, pelo cuidado ofertado, retomar o processo do vir-a-ser e do amadurecimento do paciente lá onde ele foi estancado. É ali onde estancou a continuidade que surgem as organizações defensivas e as patologias. Em outras palavras, o analista winnicottiano é alguém que se deixa usar[15] pelas necessidades do paciente e que regride até lugares de experiência nos quais o paciente ficou congelado por falta de acompanhamento.

A psicopatologia winnicottiana tem mais a ver com o não acontecido que deveria ter acontecido, do que com a hermenêutica do que aconteceu e foi jogado para fora da consciência. É nesse sentido que Winnicott representa em psicanálise uma ruptura com o paradigma interpretativo e uma transição para o do cuidado.[16] Essa transformação implica também uma mudança no *setting* analítico, o que fica claro nos belos relatos de pacientes de Winnicott, como os de Harry Guntrip e Margaret Little.[17] Nesse úl-

---

15 Adam Phillips, conhecedor profundo da obra de Winnicott, em seu livro intitulado *Winnicott*, escreve que o psicanalista inglês dizia que o analista "era como uma prostituta que estava ali para ser usado" (Adam Phillips, *Winnicott*, 2006, p. 66).

16 Grande parte das disputas teóricas na história da psicanálise mais recente versam sobre o que é continuidade e o que é ruptura na psicanálise winnicottiana. No Brasil, Zeljko Loparic, por exemplo, defende a tese de que Winnicott representa uma mudança de paradigma no sentido de Thomas Kuhn. Para ele, o paradigma edípico do bebê na cama com a mãe cede lugar ao paradigma do bebê no colo da mãe. Sobre isso ver seu artigo "Winnicott: uma psicanálise não-edipiana", 1997.

17 Ver Harry Guntrip, "Minha experiência de análise com Fairbairn e Winnicott", 2006; Margaret Little, *Ansiedades psicóticas e prevenção: registro pessoal de uma análise com Winnicott*, 1992.

timo relato, verifica-se que Winnicott se permitia inclusive contatos físicos no *holding* da paciente, o que seria escandaloso para um analista freudiano ou lacaniano. Pode-se afirmar que, se o analisando freudiano deve se adaptar ao método psicanalítico de Freud, no caso do winnicottiano é o analista quem deve se adaptar ao paciente.

O tópico mais central das descobertas de Winnicott está na ideia de que no início não existe aquilo que se poderia denominar um bebê, mas sim um "casal-cuidador", pois ninguém jamais se depara com um bebê. "Se você vê um bebê, você certamente vê também alguém que cuida do bebê, ou, ao menos, um carrinho de bebê com os olhos e orelhas de alguém nele grudados. Vê-se um 'casal-cuidador'".[18] Olhar para o entre desse dois-em-um foi a virtude principal de Winnicott. Ali onde seus antecessores enxergaram a pulsão e sua satisfação, assim como a existência já suposta de um bebê "bocudo" e hedonista, Winnicott vê a busca do contato com uma pessoa, e não a "gratificação instintual" de um objeto. Como explica Adam Phillips, "o bebê começa a vida como um ser profundamente sociável: ele clama por intimidade, não apenas pelo alívio da tensão – pela proximidade, não só pela satisfação".[19]

No lugar da gratificação instintiva,[20] buscada por um sujeito psíquico já em funcionamento, Winnicott vê no

---

18   Citado em Adam Phillips, op. cit., p. 27.
19   Id. ibid., p. 31.
20   Em *O brincar & a realidade*, Winnicott escreve que "não é a satisfação instintual que faz um bebê começar a ser, sentir que a vida é real, achar a vida digna de ser vivida" (Donald W. Winnicott, *O brincar & a realidade*, 1975, p. 137).

bebê o artista formativo de si, em busca da aquisição de certos funcionamentos que ainda não existem. No caso winnicottiano, pode-se afirmar que o "cuidado de si" depende da sustentação do outro, e na falta deste o bebê despenca nas agonias impensáveis. O bebê winnicottiano é vulnerável, e sua imaturidade requer a presença do outro. No começo, nós dependemos radicalmente, e toda independência é relativa e está vinculada ao reconhecimento da dependência. Essa fragilidade precoce do bebê é o cerne da psicanálise de Winnicott, e não o complexo de Édipo de Freud.

Não há dúvida de que Sloterdijk concebeu sua subjetividade consubjetiva do começo inspirado em Winnicott. Pode-se afirmar que a microesferologia de Sloterdijk e sua maneira de entender a antropogênese têm matriz winnicottiana. Paradoxalmente – e o paradoxo é um dos aspectos do pensamento de Winnicott –, o desamparo do bebê não dá lugar a um pensamento trágico, mas a uma antropogênese feliz. E não há antropogênese feliz em Freud, Klein ou Lacan. Também as críticas de Sloterdijk a Freud e a Lacan coincidem, na maioria das vezes, com as de Winnicott, quer sejam feitas de próprio punho ou por seguidores como Masud R. Kahn e Adam Phillips.

Winnicott é citado de modo explícito em *O estranhamento do mundo*, obra essencial que precede a esferologia. Nela, o filósofo alemão usa as expressões *bad enough mother* e *holding*. O título do livro é emblemático, pois após sua publicação Sloterdijk vai pensar o desestranhamento e os processos de enraizamento, intimização e familiarização com o mundo. Ora, uma mãe winnicottiana é o ente propiciador desse desestranhamento do mundo. É a mãe ou o aliado complementador, no idioma sloterdijkiano, que dota a criança de repertórios e de experiências cujo carregamento e transferência permitem que o si-mesmo não desabe nem se desmanche em situações de indiferença e hostilidade. O pensamento das migrações e das legalidades esferológicas também é devedor da questão winnicottiana da transicionalidade. Transicionalidade diz do uso que uma criança faz de algum objeto que a ajudará na transição da concretude do colo para a aquisição do mundo simbólico. Quando a mãe se ausenta, o bebê segura alguma fralda ou ursinho e esses objetos garantem a presença da mãe mesmo na ausência dela. Se a mãe retorna, então o bebê pode confiar nela e no objeto transicional. Se a mãe demora para voltar ou não volta, o ursinho perde o sentido e o bebê despenca no vazio. No abandono, o incipiente mundo interno se desfaz, mas se o aliado retorna e o

> menino tiver conseguido a posse de seu objeto transicional enquanto ele espera a mãe voltar e enquanto ele espera surgir dentro dele um mundo simbólico, representacional, que possa garantir uma mãe "dentro" dele, ele estará a salvo e sua mãe também estará salva, para ele.[21]

O objeto transicional é aquele que garante o início do povoamento do mundo "interior" da criança e a possibilidade de separar-se da mãe. A criança pode despedir-se da concretude-mãe porque o que ela carrega dessa mãe, dentro de si, garante que não haverá ruptura nem des-

---

21 Alexandre Maduenho, "Transicionalidade, simbolização e transferência: processos de cura e amadurecimento no acompanhamento terapêutico", 2012, p. 38.

conexão total. Uma desconexão total implica desabar no nada (agonias impensáveis). A perda da mãe, nesse momento, é a perda do mundo.

Não é temerário afirmar que Sloterdijk trouxe as mães winnicottianas da Londres pragmático-empírica para o interior da ontologia heideggeriana. Transformou-as em aliados e mostrou que os duros ontólogos inteligentes e angustiados nada saberão do mundo e do chegar ao mundo se não entenderem de confiança, ressonância e aliança. Mostrou também que, se os filósofos não se abrirem para a puericultura, não poderão filosofar corretamente, pois esperarão mais (ou menos) do que a natureza humana pode dar. Pode-se dizer, grosso modo, que um pensamento como o de Winnicott, de transições e migrações por múltiplas regiões da experiência e "sentidos do ser" (objetos subjetivos, objetos transicionais e realidade exterior), pode ser traduzido em termos de destino esferológico, e inversamente, um pensamento esferológico, que versa sobre o aumento, a catástrofe e o destino das esferas, pode ser traduzido em termos de passagens desde o objeto subjetivo e a imersão na mãe até o grande mundo partilhado.

Na epígrafe de *Tudo começa em casa*, obra póstuma que reúne palestras de Winnicott, o poema "East Coker", de *Four Quartets*, de Eliot, diz:

> O lar é nosso ponto de partida. À medida que crescemos
> O mundo se torna mais estranho, mais complexos
>   [os padrões
> De morrer e viver. Não o momento intenso
> Isolado, sem antes nem depois.
> Mas uma vida ardendo em cada momento.

Encontra-se aqui o escopo inteiro da esferologia: a crítica à intensidade descontínua e a ideia de que o si mesmo não precisa aferrar-se a si vigilantemente, mas pode prolongar-se e ficar contido em outros que não o falsificam. Isso significa que o homem não se perde de si ao migrar dos mundos pequenos para os grandes e para as instituições. Parte de outra epígrafe, escolhida por Adam Phillips para seu livro *Winnicott*, sintetiza essa situação: "A primeira lição que a inocente infância me proporciona é – ser um instinto de minha natureza para me desligar de mim mesmo e me perpetuar em forma de outros" (S. T. Coleridge).

O que pode soar estranho é o fato de Sloterdijk, um autor bastante generoso ao citar suas fontes, não citar muitas vezes Donald W. Winnicott em *Esferas I*. Mas essa impressão logo se desfaz se atentarmos para o uso repetido de expressões que são marcas registradas winnicottianas, como "a mãe suficientemente boa", "a saudação suficientemente boa". De qualquer modo, é evidente que partir da mãe como a situação do filho e da situação do filho como incorporada na da mãe equivale a assumir o paradigma winnicottiano. Mas Sloterdijk, longe de ser um terapeuta dessa linhagem, parte da situação consubjetiva para pensar o espaço e a ideia fundamental de receptáculo imunológico como arranjo contra a exterioridade. Vale dizer que o pediatra inglês fornece as bases para que Sloterdijk avance em relação à análise heideggeriana do espaço, à culturologia morfológica de Spengler e à ideia de estufas de Arnold Gehlen. A microesferologia não pretende competir com a riqueza de detalhes da teoria do amadurecimento de Winnicott, ela é a base para um pensamento das arquiteturas imunológicas históricas, o que equivale a recontar a história humana e a das culturas com base na noção de *holding* (sustentação) e das mudanças na forma dessa sustentação.[22]

Nesse sentido, pode-se dizer que uma apropriação pensante de Winnicott é responsável por boa parte da renovação da filosofia alemã e europeia. Um ponto decisivo nesse quesito é o abandono sloterdijkiano da categoria de alienação. Winnicott é um aliado nessa questão, pois, para ele, nem o chegar a si mesmo é resultado de uma alienação originária nem a entrada no mundo é uma submissão ao já dado. Para Winnicott, o "eu" não é lugar de alienação, e o ponto de partida não é a experiência de um corpo despedaçado[23] que se estrutura em uma imagem. A essência do ser humano só estaria alienada e o mundo mortificado se o bebê não criasse o que ele encontra. Winnicott presume que "existe uma criatividade potencial, e que na primeira mamada teórica o bebê tem sim uma contribuição pessoal a fazer".[24] Cada ser humano

---

22 É interessante notar que Winnicott parece ter enunciado em *O brincar & a realidade*, publicado originalmente em 1971, um projeto que a esferologia de Sloterdijk realizou: "Dependemos aqui de algum método de registro. Sem dúvida, muito se perdeu das primeiras civilizações, mas, nos mitos, que foram produto da tradição oral, é possível perceber a existência de um fundo cultural estendendo-se por seis mil anos, e fazendo a história da cultura humana" (D. Winnicott, op. cit., 1975, p. 138).

23 Para Winnicott, o ponto de partida é a não integração. "No início, antes que cada indivíduo crie o mundo novamente, existe um simples estado de ser, e uma consciência (*awareness*) incipiente da continuidade do ser e da continuidade de existir no tempo. [...] A não integração, o estado primário, não é caótico" (D. W. Winnicott, *Natureza humana*, 1990, p. 157).

24 Id., ibid., p. 130.

que nasce recria o mundo. Já não é preciso acender cem velas para as coisas obscuras, nem buscar estratégias de fuga de um mundo consumado. Há sempre um barro, uma indeterminação, e daqueles que chegam ao mundo, não sabemos por onde passarão seus gestos e por meio de que atos e apropriações eles ganharão ser. A passagem do exterior ao interior animado é o gesto criativo. Nesse sentido, o mundo começa sob o signo da criação, e não da alienação! Como escreve Winnicott: "Sabemos que o mundo estava lá antes do bebê, mas o bebê não sabe disso, e no início tem a ilusão de que o que ele encontra foi por ele criado",[25] como o menino e a bolha de sabão na abertura de *Esferas I*.

A mudança de *Stimmung* do pensamento sloterdijkiano tem suas raízes no fato de ele ter colocado o assunto do nascimento como tema central do pensar. Pode-se dizer que essa operação inédita em filosofia tem também, embora não unicamente, raízes winnicottianas. A obsessão pela questão do nascimento e do chegar ao mundo, bem como as dificuldades dessa chegada encarnadas na tradição gnóstica, tirou Sloterdijk do *páthos* dominante no ambiente "apocalíptico ou mais pós-apocalíptico [...] fundado na antiga Teoria Crítica, que afirmava que o mundo capitalista era um fim de mundo permanente".[26] Para Sloterdijk, o nascimento aparece como questão essencial já muito antes do projeto *Esferas*. Há em sua obra uma passagem da antropologia cinética para a esferologia. Permanece a ideia do homem como animal migrante e de experiência, mas a esferologia permite pensar os caminhos dessa ex-

---

25 Id., ibid., p. 131.
26 Peter Sloterdijk, *Essai d'intoxication volontaire*, 1999, p. 95.

periência no interior do mundo com maior radicalidade do que as obras anteriores, que se encontram mais sob o signo de Nietzsche e Heidegger, isto é, mais voltadas à luta para vir ao mundo e à irrupção originária nele. A antropologia cinética e as poéticas do começar não conseguem tematizar e explicitar a experiência estabilizada do homem já enraizado no mundo pela mediação do sistema imune não técnico chamado mãe. Há, portanto, uma transição muito clara das obras do jovem Sloterdijk para o projeto *Esferas*. Essa transição pode ser nomeada de virada ou de aprofundamento winnicottiano. Tal virada aumenta o âmbito da transicionalidade e permite ir mais fundo no mundo, deixando de analisar apenas suas bordas iniciais. O *páthos* winnicottiano da confiança no mundo e do mergulho criativo e afirmativo nele, muito diferente do sim genérico e quase especulativo de Nietzsche, representa um claro afastamento tanto das buscas de Nietzsche, o "buscador fracassado de um lugar suportável para ele no mundo",[27] quanto da gnose negadora de Adorno e também da dificuldade heideggeriana de pensar o enraizamento. O aprofundamento winnicottiano e a introdução do nascimento e das mães[28] na filosofia permitem a Sloterdijk reposicionar suas principais matrizes e filiações intelectuais.

Se *Vir ao mundo vir à linguagem* (1988) e *A mobilização infinita* (1989) pensam a poética do parto e os dra-

---

27 Id., *Esferas III: Espumas*, 2009, p. 411.
28 "No contexto esferológico [...], 'mãe' é – recordemos – o sinônimo mais poderoso da imunidade não técnica, com respeito ao qual é preciso ter em conta que a mecanização da maternidade representa o programa manifesto da civilização pós-teológica" (Peter Sloterdijk, *Esferas II: Globos*, 2004, p. 94).

mas do chegar ao mundo sem a introdução da categoria do anfitrião aliado, *O estranhamento do mundo* (1993) e *Selbstversuch: Ein Gespräch mit Carlos Oliveira* (1996), ainda que já anunciem as *Esferas*, não pensam ainda as migrações "dentro" do mundo e as culturas como habitáculos que sucedem corpos maternos. O primeiro desses dois últimos livros, inclusive, detém-se nas experiências de negação do mundo.[29]

O que se chamou há pouco de aprofundamento winnicottiano no pensamento de Sloterdijk vai tão longe a ponto de ele afirmar na longa entrevista de 2007, *O sol e a morte*, que a própria modernidade é uma tentativa de substituir a intimidade materna por procedimentos técnicos: "A mãe, a biomecenas, é substituída por um sistema artificial de mecenato".[30] Dado que a maternidade é um bem escasso, "constantemente ameaçado pelo cansaço, pela impaciência, pela experiência de carência",[31] há um interesse imenso em trocar os protetores primários (mães) por secundários (deuses, aparelhos e sistemas de solidariedade). Se a isso se acrescenta a informação de que a grande maioria dos assassinatos de crianças é praticada pelas próprias mães nas mais variadas culturas, não haverá dificuldade de entender o movimento "matrífugo" ou de fuga da mãe na direção do artificial. Sloterdijk toma na entrevista citada o conceito de mecenato de Dieter Claessens, autor de *Das Konkrete und das Abstrakte: Soziologische Skizzen zur Anthropologie* [O concreto e o abs-

---

29 As datas entre parênteses correspondem às publicações originais na Alemanha.
30 Peter Sloterdijk, *O sol e a morte*, 2007, p. 174.
31 Id., ibid.

trato: esboços sociológicos sobre antropologia] (1980), e vai na direção de uma teoria das substituições. Se Deus é o título para um primeiro mecenas secundário, sua principal clientela é de meninos abandonados e descuidados que sobrevivem. Se como ensina *Esferas I*, o juízo final na verdade está no início, na canção de boas-vindas entoada pelas mães e na festa do evangelho do nome da criança, então o juízo final do fim é uma invenção dos meninos do buraco negro do desamparo. Para Sloterdijk, o menino sem boas-vindas é o verdadeiro destinatário "da religião da redenção e dos seus sucessores modernos, as filosofias da redenção e da reconciliação, com a sua terapêutica correspondente".[32]

Certamente muitos ficarão indignados com a hipótese de que um receptor animado de ideias soteriológicas, sejam elas sagradas ou laicas, é alguém que na verdade deve buscar uma "mãe suficientemente boa" em um consultório winnicottiano ou um guru para problemas existenciais. Resta saber se o indignado diante dessa hipótese de Sloterdijk é ele próprio um "menino-problema" ou se é aceitável ou não a tese do filósofo segundo a qual nas condições da modernidade atual (palácio de cristal) já não há mais salvação nem relação com uma totalidade que possa ser ultrapassada – pois vivemos em espumas numa sociedade hiperdiferenciada em subsistemas. Se Sloterdijk estiver certo em seu diagnóstico epocal, todo "revolucionário" deveria buscar um consultório para acertar as contas com o mundo pós-histórico e encaminhar-se para o guichê das espumas animadoras especializadas em subculturas rebeldes.

32 Id., ibid.

É preciso concluir este item com a observação de que a virada winnicottiana não esgota a obra de Sloterdijk. Alguns anos após a esferologia, o filósofo alemão empreende uma virada para o paradigma antropotécnico. Essa virada acrescenta novos elementos ao repertório do *Homo immunologicus* e suas buscas pela forma. Aqui, entretanto, o ponto de partida é a ideia de Nietzsche de que a Terra é o astro dos seres exercitantes e de que as várias configurações do humano dependem do tipo de *áskesis* (exercícios) praticadas. O ser humano se autoproduz e se cria autoplasticamente conforme o exercício e a repetição que realiza; ele é resultado das práticas e dos atratores que elege. A tarefa é, portanto, discriminar os exercícios e seus múltiplos atratores para saber por quais caminhos e práticas o homem foi capaz de se fazer atleta, sábio, monge cristão, guerreiro, zen iluminado ou intelectual. Como disse Sloterdijk em uma palestra em Cambridge no ano de 2015, "o ser humano [...] é um animal que se molda em seu próprio animal de estimação (*pet*)".[33] Os exercícios podem ser codificados metafisicamente como aqueles do sábio platônico e que visam a uma transição da imanência para a transcendência ou exercícios de autoelevação sem ultrapassar a imanência. Dizer que vivemos num regime moderno significa que a cesura técnica dos últimos trezentos anos desmotiva a radicalidade das práticas ascéticas. A tecnologia, ao desonerar o peso da vida, enfraquece a busca por uma superação do corpo, da sexualidade, da morte e da miséria universal.

33 Entrevista com Sloterdijk no Simpósio do Berggruen Center em Filosofia e Cultura realizada no St. John's College of Divinity, Cambridge University, 25 jun. 2015.

O paradigma antropotécnico não conversa com Winnicott, mas com Nietzsche, e expande as investigações de Foucault (um wittgensteiniano) e Hadot.[34]

III. O Doador de Lugares

Estava na calçada. Respirava o aroma dos jasmins e se felicitava com a visão da velha casa do avô, quando uma lagartixa caiu na sua nuca. Era pequena, de barriga cinzenta e deve ter despencado do muro avermelhado. No susto, ele a lançou para a rua, mas, em seguida, arrependido, apalpou o chão para reencontrá-la. E lá estava ela, encolhida e deslocada no asfalto. Então o menino a pegou nas mãos, pensando que aquela minúscula vida já não estava muito em casa num mundo cheio de ma-

---

34 A questão, tanto para Foucault como para Hadot, é mostrar o que o sujeito deve fazer de si mesmo a fim de migrar de uma situação inicial para outra, transformada e mais elevada. Os dois estudiosos da Antiguidade e do período helenístico e romano, ao mapearem as várias escolas do mundo pré-cristão, deixam claro que, em todas elas, a experiência fundamental é a de que o sujeito, tal como ele aparece e é dado a si mesmo de início, não é capaz de acessar a verdade. Para isso, é necessário que o si-inicial se trabalhe e se modifique para ter acesso àquilo que lhe é vedado de início. Tanto o "cuidado de si" foucaultiano como os "exercícios espirituais" de Hadot visam à mesma questão. Há um desnível entre o estado de saída do sujeito e a demanda transformadora que é exigida pelo ponto de chegada. Esse desnível, Sloterdijk chama de tensão de elevação. Na linhagem antropotécnica do exercício, o homem é interessante porque é alguém concernido por esses chamados de verticalização, e onde quer que nos encontremos com seres humanos, encontraremos seres exercitantes e acrobáticos.

míferos e hipertrofiado de civilização. Provavelmente ela buscava os bueiros, onde os cheiros fortes, as águas e os ocos pudessem lhe fazer lembrar seu verdadeiro habitat: um mundo extinto no qual os oceanos e os vulcões predominavam, e a lagartixa era grande, forte e imponente.

Adentrou a casa com o firme propósito de dar à lagartixa um lugar enquanto observava na palma da mão a transparência do corpo dela sob os últimos raios do sol.

Logo reconstruiu na banheira do avô uma imensa floresta pré-histórica. Fez lagos profundos com panelas e frigideiras. Fincou plantas no meio da terra que removera do jardim e também pequenos tocos de madeira. Além disso, envolveu todo o banheiro com muita bruma, vapor e bafo da água quente do chuveiro. A lagartixa zanzou de lá para cá naquela miniatura geológica e ele concluiu que seu belo simulacro era muito convincente.

As lagartixas, certamente, são animais que pertencem ao passado e, por isso, o menino – com o queixo colado na banheira, imerso em longos transes imaginativos – conversava com ela em línguas impossíveis de decifrar. Antes de adormecer, acariciou a barriga do pequeno lagarto e se perguntou pelo tempo em que se bifurcou a temperatura dos sangues.

No dia seguinte, ao acordar, um susto: a lagartixa está estática e as formigas iniciaram seu banquete. Alguém havia desfeito aquele mundo.

•

Mal consigo compreender o sentido desse relato, mas me espanta saber que, muitas décadas após esse acontecimento, o menino que chamei de Doador de Lugares escreveu um livro no qual diz que a morte consuma realizações para quem teve lugar, enquanto para o sem-lugar ela é um despencar sem fim.

[Os textos I e II são excertos da tese de doutorado *Peter Sloterdijk: virada imunológica e analítica do lugar,* que defendi na Faculdade de Filosofia, Letras e Ciências Humanas da Universidade de São Paulo (FFLCH-USP), em março de 2017.]

4
Nascer para dentro, nascer para fora: a mãe

> *As mães são as mais altas coisas*
> *que os filhos criam.*
> HERBERTO HELDER

Há muitos anos escrevi sobre o nascer para fora. O nascer para fora foi minha certidão de nascimento e, por isso, foi fácil escrever sobre ele. Minha vida filosófico-literária começou com um texto que soletrava meu idioma natal, era intitulado "O ponto K", para fazer uma alusão ao antimundo de Kafka, mas o autor que usei para explicitar o nascer para fora foi Heidegger. Passaram-se vinte e seis anos desde então, e foi só de alguns anos para cá que eu me encontrei em condições de explicitar não mais o ponto K, mas o lugar A. O lugar A é o idioma estrangeiro que aprendi a enunciar, é a terra de uma antropogênese feliz e sustentada. Eu não teria conseguido falar a língua do lugar A sem a incorporação canibalizadora da obra de Peter Sloterdijk e da trilogia *Esferas*, especialmente o livro I, *Bolhas*, acerca dos espaços íntimos. Assim, se Heidegger me permitiu articular a questão "o que é nascer para fora?", Sloterdijk me possibilita dizer o que significa nascer para dentro, ainda que, para isso, eu vá saquear os termos de *Esferas I* e sintetizá-los a ponto de trazer parte do sumo dessa obra de quase seiscentas páginas em apenas algumas.[1] O que *Esferas I* esclarece é que o nascer para dentro é uma questão de aliado: inclui-se num espaço interior ou nasce para dentro aquele que participa de pequenos duetos ressoantes de alta complementariedade.

Um aliado complementador nota o tipo de vibração e de sonoridade que emergem do outro polo e responde numa mesma afinação adensadora, para falar em termos musicais. Se uma vibração exógena ou uma música trocada aborta o engrandecimento da musicalidade que surge no outro polo, um bom aliado é aquele que dá continuidade ao tom que o outro emite, a ponto de os polos se confundirem numa musicalidade una e única. Quem passou por essa câmara dual de ressonâncias pode, um dia, seguir para mundos e contextos ampliados, pois já está munido de um repertório próprio. Já aquele que não esteve contido nesse espaço de atenções, ou esteve mas foi invadido por sonoridades alheias, ficará congelado ou obrigado a emitir músicas impróprias. De qualquer modo, nenhum ser humano preexiste a seus animadores e aliados. Ele depende de mecenatos matriciais de

---

1   Apesar de este texto realizar uma incorporação e uma simbiose com a obra de Peter Sloterdijk, decidi citar alguns trechos para que o leitor possa ele mesmo também apreciar a excelência da escrita do filósofo, já que meu procedimento é de enxugamento e condensação diante de obra tão expansiva e caudalosa.

acompanhamento e de ressonância para chegar a si e ao mundo. Sem as boas temperaturas de um sistema de mimos e acompanhamentos, há o risco de contrair um "catarro ontológico incurável", nas palavras de Sloterdijk, em *O sol e a morte*, e de zanzar por aí carregando um "não maior que o mundo", nas de Cioran.

Como a escassez de cuidado e a rarefação do sopro de atenções extáticas são um assunto lotérico, o ser humano tanto pode acontecer e chegar a si como ficar congelado e extraviar-se de si e do mundo. Tudo depende da hospitalidade do aliado e da imersão no halo da atenção envolvente. E o que é um aliado hospitaleiro? Aliado hospitaleiro é aquele que permite ser devorado, canibalizado e criado pelo outro polo no duo bipolar. O aliado hospitaleiro permite a confusão no tráfego de gestos e todo tipo de mergulho extático na área surreal da intercorporeidade. Aliado hospitaleiro é aquele que proíbe o uso do termo *objeto* para designá-lo e que não vê plágio e roubo por parte de seu em-frente. Nos duetos originários, o "roubo" é consentido, pois o outro é, simultaneamente, outro e minha própria obra, isto é, eu mesmo. O paradoxo winnicottiano, segundo o qual encontro com um ente que é experimentado como minha própria criação, garante tanto o estender-me na direção do mundo como um preenchimento não alienado de si mesmo. Se o encontro com a alteridade e o estranho doa o oco, o vazio e a retração, o encontro com o ente criado concede o preenchimento e a territorialização.

Quando o filosofar parte do começo antropológico que é a necessidade de complementação do bebê humano e da demanda de intimidade de uma criança, então ele problematiza a xenofilia dominante nas ontologias contemporâneas assim como o paradigma subjetivo da filosofia moderna. Partir do fenômeno da consubjetividade originária, como faz Peter Sloterdijk, o filósofo intimizado e devorado neste texto, é deixar para trás o dogma individualista, apoiado na ontologia da coisa, presente na fenomenologia e na psicanálise vienense. Falar de indivíduo e de sujeito elide o divíduo: o indivíduo nasce do divíduo, nasce das visitações e das lentas estadias de hóspedes duradouros. A própria interioridade humana é o precipitado de um encontro. Os homens ocos, os pastores do ser e os corpos sem órgãos ganharam o vazio de aliados indiferentes, sequestrados, desatentos e donos de mamilos e de halos proibitivos. Para alguém enlouquecer, ensinou o psicanalista Harold Searles, é preciso um longo exercício de abandono, desafinação e desajuste de dádivas.

É sempre no duo que se decide o um. O encontro originário formador, o duo autoincubador é o *"realissimum esferológico"*. O ser-um-no-outro vivo e sustentado do pacto pneumático cocriador é a própria estufa na qual cresce e se territorializa o self verdadeiro. Se um aliado devotado e cuidador apresenta o mundo paulatinamente, doando-se nas coisas que apresenta, então essas coisas tomam a criança na mesma medida em que ela as toma. Eis aí o segredo do povoamento interior do menino. Essas entidades benévolas, os "mamilos eudaimônicos", as "fadas bebíveis" e os "caramelos cheirosos",[2] a velar sobre

---

2   Na tradução brasileira, a referência a essas entidades encontra-se em: "Não está, cada criança que não enfrentou o abandono, convencida da vantagem de ter nascido apenas porque as mamas eudemoníacas, os bons espíritos dos doces, as mamadeiras conspiratórias, as fadas potáveis velam discretamente ao pé de seu

o berço da criança, derramam-se em seu interior, escavando um aposento comum repleto de espíritos associados. O incorporar-se produtivamente do menino faz-se de estar possuído por entes hospitaleiros. Já o menino que ficou oco não consegue constituir mobiliário interno. Ele fica desprovido de "alma" e sem saber quem é. Ele cospe e rejeita o leite materno – por este ter chegado cedo ou tarde demais de halos pétreos e envenenados –, em condições nas quais ele não pôde sentir-se seu dono e criador. O estranhamento vigora para aquele que chegou ao mundo em condições de catástrofe esferológica. Sem a imunização decorrente da presença do aliado, o frio da exterioridade aniquila a vinda a si e ao mundo. O menino oco nasce do não fundamental e do recuo. Ele pode manter aceso o grande vazio e tornar-se mero lugar para dizer o ser e o clarão inquietante da vinda de um não-mundo enigmático ou povoar-se pobre e imaginariamente em figuras de desenho animado ou heróis virtuais. Nesse sentido, aquele que se ancora numa imagem é o menino cuja estufa imunológica explodiu e cujo aliado não o incluiu em participações animadoras. É por isso que a esferologia pode dizer que "toda animação é um acontecimento midiático – e que todos os distúrbios psíquicos são deformações da participação, ou seja, doenças dos meios".[3]

Esferas I, ao descrever os duetos formadores do eu a partir de situações pré-subjetivas e pré-objetivas, inaugura um modo de falar do devir-sujeito e da antropogênese que abandona a gramática moderna sujeito / objeto,

berço para adentrar de vez em quando seu interior e tranquilizá-la?" (Peter Sloterdijk, *Esferas I: Bolhas*, 2016, pp. 88-89).
3   Id., ibid., p. 274.

e isso evidencia que o papel terapêutico do aliado substituto é muito mais ativo e formador do que poderia supor o termo *psicanálise*. Não se trata evidentemente de análise, mas de atividade sintética e de imersões e de empréstimos de ser que permanecem invisíveis para a linguagem objetivante e para a dogmática individualista. Assim, se sou um menino psicótico, que morde os botões da camisa de um terapeuta, a fim de com eles costurar uma forma possível, então o terapeuta deve se deixar saquear a ponto de possibilitar o êxodo do disforme e dar passagem de migração do sem-lugar e do fora para o lugar-dentro.

Pensar o dois-em-um ou o ser-um-no-outro do duo simbiótico ou, ainda, partir da mãe como situação do filho é abandonar, de partida, o individualismo e a ontologia da substância. Como já foi dito, um ontologista do íntimo deve poder descrever a própria gênese do eu no vocabulário das incorporações produtivas, mergulhos extáticos e gestos antropofágicos. (Não é exatamente isso o amor implacável de que falava Winnicott?) Quem se desloca pelos espaços íntimos é capaz de nomear o tráfego e a orgia dos gestos incorporadores e a imersão abissal no próximo. Ora, a linguagem sujeito/objeto falsifica o campo das dualidades arcaicas.

Outro aspecto da microesferologia que suscita debates e consequências fecundas é a ideia de que a própria díade ressoante perfaz um espaço interior de sustentação. Se a mãe, anfitriã primeira, é um lugar imunológico ex-útero, conformador de espaço e de familiaridade, então é preciso relativizar e circunscrever o ponto de partida do estar-lançado (*Geworfenheit*) heideggeriano e as figuras do pensamento centradas no desamparo e no desastre, como são os casos de Bataille e Blanchot, entre outros. Há que se compreender de outro lugar o culto ao estranhamento e à extimidade, reinante entre os pós-heideggerianos. O pensamento da diferença ontológica, ao deter-se no rasgo da eventualização do ser no ente, isto é, no acontecimento que clareia este último, não tem repertório suficiente para pensar a diferença entre o estar exposto, o estar no puro exterior (exterioridade) e o estar ocupando um espaço interior. Para Sloterdijk, pensador dos mundos e do dentro, essa é a diferença antropológica fundamental. Ninguém entenderá a senha de entrada se não entender de aliados e acompanhantes. O adentramento no mundo não coincide com o nascimento biológico, mas tem a ver com a participação em relações de proximidade no interior de receptáculos autogerados. O susto e a perplexidade permaneceriam nosso antiendereço constante, e o espanto nossa única morada se o ente não viesse até nós pelas mãos do aliado. É ele quem, ao nomear e sorrir, imuniza o clarão alético com seu gesto humanizador. Se este for sintônico e correspondente, o outro polo experimentará o ente que toma nas mãos ou põe na boca não como uma mera coisa diante dos olhos ou um utensílio, mas como uma criatura sua, vivaz e animada. Seres humanos são migrantes que, por chegarem prematuramente do interior materno, dependem de seres que emprestem seu próprio corpo para que esses, como pequenas arcas e escudos íntimos, controlem inclusive o *quantum*, o volume de mundo que pode entrar no interior da célula de intimidade. Eis o arredondamento próprio ao espaço imunológico. Em seu interior, a coisa é tomada de tal modo que ela penetra e dá corpo a quem a toma. O movimento de possuir e ser possuído consuma o resgate para fora do exílio. Sloterdijk diz que: "Se os confeitos e as mamadas fossem sujeitos, e não meras coisas, se fossem, por exemplo, demônios benevolentes, então se poderia, sem extravagância, explicar que eles se apossam de seus consumidores e neles se instalam como ocupantes que tencionam ali permanecer por longo tempo".[4] É dessa ocupação benévola que nasce a interioridade, e é com esse povoamento que se ergue um eu, apoiado em seu clube de associados. Já o menino oco, desfiliado e sem apoio, terá de enraizar-se ou ancorar-se mimeticamente a partir dos meios de comunicação e, com esse tipo de organização, encobrir o buraco do self negativo. As crianças ocas, em sua grande loucura branca, e o autor deste texto inclui-se também nessa categoria, existem sem o mergulho no sim e no aquietamento. Quem nasce para fora fica detido em uma chegada permanente. Fica refém no aí de uma inicialidade sem-fim. Quem nasce para fora anota a própria irrupção enigmática no mundo. Não consegue esquecer-se do evento de estar sempre chegando num lugar para o qual não adentra! Suspenso numa retração de quebrar o fôlego, diz apenas de uma movimentação extática, mas não sabe contar de uma localização inclusiva. Sem pai ou mãe para se originar ou para começar a costurar um dentro, assiste à própria eclosão no clarão inquietante do aberto. E por ser chegada incessante, o nascido para fora pode converter-se num locutor do ser, mas é alto o preço que paga aquele que não se integra ao mundo nem se encosta nos entes. Um locutor do ser – ou uma "estenógrafa da vida", como se autonomeava Marina Tsvetáieva – precisa estar bem oco para acolher o ditado do mundo, a eventualização do que é. Alguém dotado de interioridade

[4] Id., ibid., p. 88.

e ocupado com o contexto de seu mundo dificilmente estará disponível para ser fiel ao evento do acontecimento do ser no ente. A única vantagem de ter ficado vazio – de interioridade, de preenchimento e de mobiliário psicológico – é, na despersonalização e na impessoalidade, tornar-se um espelho vivo e fiel do mundo. Vantagem, bem entendido, para o ser e para a poética do serviço, mas não para quem permanece oco e suspenso, aprisionado no umbral da movimentação do ser. Este fica privado de uma vida biográfica e é mero lugar de revelação.

•

No que diz respeito à minha própria experiência de ter ficado suspenso e desenraizado a ponto de ter criado uma grande quantidade de eus, posso afirmar que ela conheceu ao menos duas fases: uma primeira, espontânea, na qual eu invejava e queria entender os homens de dentro, e uma segunda, filosófico-teológica, na qual, em virtude das obras que lia e de uma aliança terapêutica, estive tomado pela mania da eleição: eu me considerava não mais um louco como antes, mas um ser especial, um ser teologicamente investido, falado pela língua originária, um ser que fazia parte de um clube de iluminados, como Kafka, Heidegger, Nietzsche, Blanchot, Lacan e cia. limitada. Havia, inclusive, uma missão epocal para mim e eu era uma espécie de homem requalificado, alguém já talhado para uma nova era alético-poemática. Mas o fato é que, por mais que eu abrisse as portas de minha casa e levasse a palavra real-profética por toda parte, incluindo aí escolas públicas e hospitais psiquiátricos, eu notava que a palavra trágica e quebrada não encontrava muita ressonância nem fazia comunidade. Não havia muitos seres infundados e expostos para seguirem comigo o caminho da única revolução. Concluí, finalmente, que eu havia nascido para o mundo com um repertório negativo para o qual parecia não haver lugar e, mais do que isso, senti que o mundo técnico-monetário não era mais ultrapassável.

Após um ano em que apenas um aluno me procurava, as goteiras espalhando-se pela casa, o saldo negativo e o rato que tive de matar para defender o território da cozinha acordaram-me do delírio e libertaram-me do mantra hipnótico, do estranho relato no qual o desastre humano havia se convertido em privilégio e que o conhecimento da dor e da ruína me asseguravam um destino promissor. Minha revolução para fora do mundo alienado e esquecido não encontrava nenhum parceiro além de meu próprio terapeuta. De um lado, as pessoas com um "eu" não queriam perdê-lo, de outro, os que estavam enlouquecidos ou desabando em angústias psicóticas queriam ganhar um, mas não transfigurar o vazio e o nada para a visita do ser e do poema. A minha pregação pós-metafísica estava reduzida às moças que serviam café no shopping Eldorado: eu tinha me tornado uma espécie de mestre Eckhart de shopping center. Nesse sentido, bastou uma lufada de falta de dinheiro, essa senha para a acessibilidade aos entes, para que minha revolução ontológica desmoronasse. Simultaneamente, o interesse pelas pessoas do dentro e a pergunta de juventude – qual o envelope que contém os seres humanos? – começava a tomar o lugar do elogio do desassossego. Percebi que eu, o pretenso pastor do ser, possuído pelo *lógos* profético, não passava de um último homem com medo de perder a acessibilidade, a casa, o edredom antialérgico, o conforto.

Queria integrar-me ao mundo e compreender os segredos do Dentro. Além disso, como desde menino sempre fui o sonho de outra pessoa, concluí que o personagem pastor do ser e escritor – ainda que ancorado na única experiência verdadeira que conheci, a do desastre humano – não passava de uma estetização aristocrática para ser amável e especial para alguém. Ele equivalia assim ao desejo de ter um braço forte e estampar nesse mesmo braço, de preferência bronzeado, uma tatuagem atraente para exibi-la nas areias do litoral norte. Vale dizer que, quanto mais o escritor desmoronava, e quanto mais risível e abjeto se tornava para mim o conto do homem vindouro, despossuído já das bengalas da identidade, mais crescia em mim o desejo de compreender o mundo e o Dentro. E é óbvio que eu não teria conseguido formular uma filosofia do Dentro, ainda mais com a amplitude e a perfeição com que a realizou Peter Sloterdijk nos três volumes da sua esferologia. Esses três livros me arrebataram de tal maneira que escrevi uma tese de doutorado a fim de não só compreender o Dentro, mas de tratar de conseguir mais senhas e mais chaves para existir no interior plural do Dentro moderno. Foi essa trilogia que esclareceu minha pergunta juvenil acerca da diferença entre estar Dentro e estar Fora, assim como sobre a natureza dos invólucros e continentes. Finalmente entendi o que era um povoamento interior, o que era uma subjetividade e o que eram os sucessivos mundos nos quais o ser humano pôde existir e ser contido. Além de ler e reler essa trilogia a ponto de os livros se desmancharem em minhas mãos, eu a comi e a incorporei de tal forma que a mera competência acadêmica não abarcaria sequer um grama dos quilos e quilos que transformei em partes de meu próprio corpo. É por isso, é por causa dessa simbiose, que eu, neste texto, ao usar as palavras e os conceitos de Peter Sloterdijk, decidi nem sempre usar aspas, pois todos esses conceitos foram legítima e verdadeiramente plantados em meu próprio ser como sendo meus. Não deve ser algo muito incomum o fato de um filósofo responder a questões que nossa vida já havia formulado, mas que não tínhamos competência para responder. Penso que, nesse caso, o plágio está autorizado e podemos considerar tais obras como nossas também, pois as recriamos em nossas leituras. E foi exatamente isso que eu lhe disse, no dia em que o encontrei em São Paulo. Disse que o tinha recriado e que eu lhe era grato por ter me libertado do romantismo do aberto e do romantismo da psicose. Disse que minha vida havia conhecido apenas a *ek-stase* heideggeriana, a suspensão no nada e o inferno incessante de estar sempre chegando, mas que os livros dele haviam me revelado a beleza e o segredo da *ens-tase*, da localização no interior dos mundos. A senha para entrar estava desvendada e agora eu tinha acesso ao que havia me faltado em minha chegada e me condenado ao descontínuo do clarão do ser. Ele devolvia assim minha problematicidade e arrancava meus privilégios de singularidade poética para devolver-me também ao diagnóstico psicopatológico. Essa operação restituía minha lucidez e me libertava da mania da eleição. De fato, foram apenas alguns minutos de conversa numa fila para que ele autografasse meus exemplares de *O estranhamento do mundo* e *Filhos terríveis da modernidade*, e me dei conta de que com aquelas quatro ou cinco palavras – romantismo, aberto, psicose, *ek-stase*, *ens-tase* – toda uma era de minha vida ficava para trás e eu recusava definitivamente o não-lugar como morada para o homem. Com aquelas poucas palavras, eu enterrava o rebelde, o pseudomístico sem deus e o amigo da exterioridade. Eu já não olhava mais o Dentro pelo Fora, mas sim o Fora pelo Dentro, e já não considerava mais minha singularidade uma graça, mas uma aberração. Não é uma espécie de aberração confrontar-se com um ser humano que conhece apenas o suplício de Tântalo da questão do ser, o descontínuo e a pergunta? E ainda mais quando isso é visto da ótica de quem conhece a duração e a continuidade de si mesmo? Este texto é, nesse sentido, uma operação de inversão, pois se em minha heterotanotografia eu agradeci minha mãe por ter me dado a solidão e o exílio, aqui eu pergunto se é mesmo possível agradecer a alguém que me privou de eu e de mundo.

Penso que minha singularidade, o oco e o vazio foram concessão de minha mãe. Não tenho aqui como retroceder até meu ser-para-o-início e exibir algum filme ou foto estampando o terror no corpo onde nasci diante do meu gesto e das minhas tentativas para lhe abocanhar o mamilo e o halo. Pelo que vivi depois do início, sei que não pude viver com a minha aliada a orgia ressoante dos gestos incorporadores: a fábrica do eu falhou. Se o Kafka foi expulso do mundo pelo pai, no meu caso o processo de expulsão começou pela mãe. Minha vida inteira até a desaparição de minha aliada não passou de um terrível combate de amor no qual tentei acordar a maternidade naquela mulher e ressuscitar seu corpo a fim de que eu pudesse nele mergulhar, mas minha anfitriã era cega para a minha existência, não entrava comigo em duetos antropogênicos e nas mutualidades mágicas porque, para ela, eu já era apenas um pedaço dela mesma e, nessa estranha condição, ficava abandonado e desassistido. Não se criou em mim um repertório "eu", mas apenas sensores e radares para ler e cumprir a mente de minha mãe. Fui assim o hermeneuta de um corpo morto. Quando, já um pouco mais velho, comecei a beber e a quebrar coisas que encontrava pela frente para sair daquela condição xipófaga, minha aliada assustou-se demais e tratou-me como monstro, pois, quer pessoalmente e com suas próprias mãos, quer contratando grupos de homens do crime, tentou livrar-se de mim. Algumas vezes, nas madrugadas de pânico, eu escutava minha mãe dizer ao telefone: "Arrumei uns rapazes para dar cabo do Juliano. É o melhor para ele. Ele vive em carne viva. É um elefante branco nesta casa e o psiquiatra confirmou que é mesmo um doente mental. Você sabe, um doente assim acaba com o patrimônio da família!". Então, após algum tempo eu escutava o interlocutor telefônico tocar a campainha e adentrar a casa para tentar dissuadir minha mãe do desejo de dar fim a mim.

Esse conflito de vitalidades várias vezes atingiu o clímax. Não pretendo fazer um catálogo do extremo, por isso me atenho apenas ao dia mais penoso, 12 de junho de 1996. Nesse dia eu dancei a valsa da grande dor. Bailado que começou na noite precedente, pois me encontrava no quarto, escutando as canções de Leonard Cohen. Uma namorada havia se afastado de mim, daí a "carne viva", segundo a expressão materna, e o desespero. (Sempre acreditei que nasceria para dentro do mundo por meio do amor de uma mulher.) Mas minha cantoria foi interrompida por três policiais que invadiram meu quarto e me levaram para uma delegacia, onde passei a noite.

Solto na manhã seguinte, ele – passo agora a narrar na terceira pessoa – volta para casa, mas tem medo de chegar, então para num pequeno hotel no bairro de Pinheiros e tenta chamar uma prostituta, mas o gerente do estabelecimento o expulsa. Caminha pelas calçadas na direção da casa e para em alguns bares para ingerir bebidas alcoólicas. Quer adiar a chegada. Ao chegar, nota que sua mãe tinha trocado a fechadura da porta. Ele então arranca a própria roupa e passa a arrombar a porta com seu corpo. Uma porta de ferro e vidro, por isso está coberto de sangue. Logo a porta é arrombada e ele sobe a escadaria correndo e berrando a palavra *mãe*. (Mãe é o nome mais antigo. Está presente em todas as culturas e todos os que chegam ao mundo emergem de dentro de uma delas.) Ao encontrar a sua, ele a chacoalha com as duas mãos no ombro dela. Grita muitas vezes a palavra *mãe*, olhando-a nos olhos. Depois disso, há um grande branco, uma amnésia, e ele está novamente na rua, rodeado por viaturas. Alguém o cobre com um lençol e traz roupa. Tenta pegar a arma do policial para explodir a própria cabeça. Finalmente é conduzido para o hospital psiquiátrico da Lapa, e, na cama em que está amarrado, já não sabe se matou ou não matou a mãe.

O banheiro é cheio de fezes. No pavilhão ao lado, algumas mulheres gritam sem parar. Ele tenta estabelecer comunicação e intimizar com um rapaz negro na cama ao lado, mas nota que ele já não interage nem olha. Sua alma parece ter sido assassinada há muito tempo. Na manhã seguinte, vê um carrinho de sorvete atrás das grades, sob o sol. Ele inveja o pneu do carrinho de sorvete e pensa se algum dia poderá estar sob aquela luz.

Se agrego aqui esse relato não é para competir com os programas sensacionalistas de televisão, mas para mostrar que ninguém vai para fora com os próprios pés. É preciso muita imiscibilidade e desajuste de dádivas.

O Fora é uma concessão do abandono, é uma dádiva do desencontro. É preciso que aliado e recém-chegado tenham temperamentos antípodas. Por isso, quando em *talk-shows* literários perguntam-me o que é possível fazer para incentivar nos filhos o hábito da leitura e o gosto pela arte, invariavelmente respondo que a melhor maneira de kafkanizar uma criança e torná-la poeta é cuspi-la para fora do mundo e arremessá-la na Sibéria da exterioridade. Então, acrescento alguns exemplos possíveis, como o do pai que pede ao filho um livro e em seguida bate o livro na nuca do menino e diz: "Mas não era isto!", e quando o garoto retruca: "Mas, pai", o pai o encara friamente e ri: "Você acredita mesmo que tem pai?". Esse exemplo mostra como expulsar alguém de Dentro para Fora. Um pai-zen ou um pai-sufi é aquele que pode pagar a seu filho uma viagem só de ida para fora do mundo. Para tanto, é necessário arrancar todo o mobiliário interior dos espíritos associados, os bons encostos, e abastecer a criança de exílio e vazio suficiente para que, caso ela não enlouqueça, possa dizer a palavra rasgada, fiel ao susto da aparição. Outro exemplo é o do berçário com mães e babás levinasianas, radicalmente outras e estranhas, que não podem complementar e ressoar gesto algum de seus bebês. Essas mães, na condição de mães-alteridades, impedem que os bebês se sintam donos de qualquer pedacinho delas. No grau zero da intimidade, a criança é deixada só, sob um imenso céu desolado, sem ter nenhuma chance de ganhar um corpo.

    Foi por isso que no dia em que me encontrei com o Sloter, eu não tive alternativa senão dizer que a leitura de sua obra – eu já havia lido uns trinta volumes – havia me curado do romantismo do aberto e da psicose. Eu tinha compreendido que uma antropologia filosófica só pode começar da demanda de intimidade de uma criança e que todas as filosofias xenofílicas, nas quais eu havia mamado nas últimas décadas – Bataille, Blanchot, Levinas e outros – eram filosofias muito parciais e minoritárias. É certo que nelas eu havia dourado a pílula do desastre que me visitara. Eu tinha embelezado a tal ponto minha tragédia pessoal que, na mania da eleição e da graça, via a mim mesmo como uma espécie de revolucionário e de mensageiro de novas lufadas epocais, pois destituído já da bengala do eu e do absurdo bolor da identidade, eu contribuía para a interrupção e para a suspensão da continuidade e da ordem do mundo capitalista. Nesse sentido, meu messianismo heideggeriano beirava os cumes do narcisismo transcendental. E foi por isso que agradeci o antigo reitor de Karlsruhe por ter convertido um idiota singularizado num cidadão comum e um revolucionário extasiado num homem em busca de emprego, integração e felicidade.

    Tudo isso se confirmou no dia seguinte. Após meu encontro com o filósofo epocal, eu, com uma artéria noventa e oito por cento entupida, estava dentro de uma ambulância com um enfermeiro segurando minhas mãos. Enquanto a sirene estridente tocava, eu lia na porta do veículo as palavras THE END dirigidas a mim e, diante desse THE END, contabilizava minha vida em termos puramente mundanos de saldos e prejuízos. Constatava que me encontrava no negativo em todos os quesitos e que mal havia desenvolvido competências mundanas básicas, quer para o dinheiro, quer para o trabalho, quer para o universo feminino, e que era dessas três competências que dependia minha felicidade neste mundo, e que este mundo era o único lugar que havia. No interior da ambulância, concluí, egoística e antropocentricamente, que eu não passava de um perdedor, um perdedor tanto nos sentidos salarial e profissional como no amoroso, mas também no quesito saúde eu me encontrava no vermelho. Então, tive certeza de que havia me tornado enfim um homem comum, um homem que, mesmo prestes a morrer, pensa em saldos negativos e em como pagar os custos da ambulância e da internação, pois tanto uma como a outra dependem do dinheiro e de algum tipo de inserção no único mundo de fato verdadeiro. Senti uma estranha felicidade por ter perdido todo e qualquer ideal e todo estoque de poesia, por isso, numa espécie de último transe de esquerda narcísica, senti-me um Karl Marx virando todo idealismo de ponta-cabeça. Eu era agora apenas o cidadão comum sem nenhuma gota de material poético quando o enfermeiro segurou-me mais forte após uma curva e me perguntou se havia ainda uma mãe e eu disse que não. Disse-lhe: eu descendo de um casal morto. Abracei minha mãe com força uma única vez em toda minha vida, e nesse dia ela estava imóvel e fria sobre a cama de um flat. Em 30 de outubro de 2006, dia de seu suicídio, eu abracei a mãe morta tendo três PMs por testemunha. Disse ainda ao enfermeiro: "Para mim a vida foi sempre alhures. Sempre dos outros. Para mim, ela foi um riacho clandestino que avistei de longe e só visitei raras vezes. Não tive mãos para ela". Então ele mexeu a cabeça em concordância e dei sequência ao meu monólogo dizendo que havia publicado quatro livros que pouquíssima gente leu, e que esses livros, embora expressivamente corretos, eram errados do ponto de vista filosófico, pois a minha questão não era a metafísica ocidental, mas a minha mãe. E ele ao escutar a palavra *metafísica* perguntou-me de Deus e do sagrado e eu lhe respondi que a ambulância era uma folha, a avenida era o riacho e eu era a formiga assustada prestes a submergir na correnteza e que, na verdade, não era o princípio egoísta do eu que constituía a morada de Satã, mas sim a propalada ausência do ego e o vazio místico que lhe davam o verdadeiro endereço. E isso é assim porque – disse olhando no olho do enfermeiro – os pobres egoicos com seus interesses mesquinhos e mundanos nada sabem das vozes encantatórias e das seduções mirabolantes que, amparadas pelo nada, põem a perder a vida de tantos que se supuseram adotados pelo divino e imantados pela boa estrela. Eu ia dizer ainda algo, mas notei que o enfermeiro, irritado, tinha largado a minha mão e que, a exemplo de meus grandes aliados fraudulentos, passava a desejar meu mal, mas a ambulância acabara de chegar ao destino e era a hora de os médicos e os aparelhos se infiltrarem pelas dobras e buracos do meu corpo.

5
Satélites

Diagnóstico

Vivi sempre suspenso entre a verdade do exílio e a ilusão do self. Consultei doutores e acadêmicos: perversão ou melancolia?
(As duas e também nenhuma delas.)

Apofático à revelia

Nasci surpreendido e ferido por saudade absurda. Visitei vários mundos, mas, – qual um táxi! – fiquei sem o meu próprio.

Não-lugar

O poeta sofre de ataque de existência continuado. Ele caminha erguidamente sobre a própria ruína. Ele escuta solidão, mas não há ninguém ao lado. Ele vê o crepúsculo e estremece porque não há ancestrais nem descendentes.

(Des)gênese

O poeta assiste ao próprio nascimento, mas o nascimento continuamente abortado abre seu olho para o instante, a iminência e a eclosão. Suspenso nessa tensão hesitante, ele é um recém-nascido permanente (mas é a catástrofe que lhe concedeu o olhar de fogo).

Eros altaneiro

Falo da alegria agoniada e do tumulto. Não falo da besta sensual ou da pata do tigre nervoso, mas do voo de Eros. Do meteoro errante a fecundar planetas. Marina Tsvetáieva: tua palavra de fogo reacende em mim a memória do poema que eu julgava extinto.

Antropologia melancólica

O pássaro ferido em minhas mãos não formulou sequer a perda do voo. Já eu, que tudo formulei e tudo disse, suspeito não ter tido asas para nada.

Gênese do eu

I. Despossuído de self, fui o sonho aleatório de qualquer cabeça e, recuado do mundo, tentei imitar a ritualística dos homens e seu arsenal simbólico sem conseguir incorporá-los.
  Um dia, o vazio e o oco fermentaram e, ao apossar-me deles, atingi a cobiçada cidadela do eu.

II. Porque o meu primeiro nome foi escrito fora da carne, vaguei pela cidade como um fotógrafo nefelibata. Ladrão de relatos e de histórias, fiz mergulhos simbióticos na tentativa de ganhar um eu.
  Mas o desastre no corpo era tão antigo que, ele próprio, ao entranhar-se já exausto numa derradeira alquimia, terminou por me conceder filiação e forma.

III. Queria ser o Galileu dos astros internos e conhecer os segredos da profundidade humana. Mas no seu céu interior não havia astro (constelação de escombros e silêncio).
  Em tempestades de simulação, reagiu, escrevendo as flores da memória, o cheiro das romãs e o país da infância. Como tudo era falso, passou a contemplar o desastre e o vazio com lentes filosóficas. Ele era o príncipe do não-lugar.
  Foi apenas no dia em que o desastre o devorou e vomitou um joelho daquilo que era o príncipe, que ele encontrou paternidade e referência.

6
Para humanizar Heidegger: três variações

1. A baleia e a ruptura

Eu caminhava por uma cidadezinha do litoral uruguaio quando, de repente, deparei-me com um jardim perfumado em cujo centro havia um enorme esqueleto de baleia. O impacto foi tamanho que minha respiração se quebrou! A brancura dos ossos reluzia na noite azul-marinho. O ar estava puro e fresco, pois ali, na extremidade do continente, apenas um farol vigiava os mares. Fiquei durante muito tempo respirando perto da grande ossatura. Como aquele animal gigantesco, das profundezas do oceano, podia estar ali diante de mim numa brancura intacta? Um cão brincava e corria pelo interior oco dos ossos da baleia e eu me perguntava como é que junto daqueles dois animais, o vivo e o morto, havia ainda um terceiro, um animal retirado, exposto e capaz de acolher a beleza, desgrudá-la e soprá-la aos quatro ventos com palavras?

Foi esse pequeno evento que narrei a alguém que me pediu um esclarecimento sobre o pensamento de Heidegger. Eu disse que, se estivesse comigo em La Paloma, ele poderia simplesmente contemplar a baleia e o jardim como paisagem e seguir indiferente, pensando talvez em alguma inovação decorativa para o seu próprio jardim, ou, caso o seu QI ôntico fosse menos estético e ainda mais elevado, poderia medir os treze, catorze metros da baleia e calcular a quantidade de gordura e quantos ienes os japoneses deixariam de ganhar, ou ainda considerar que aquele ente majestático era na verdade um mamífero superior.

Em todos esses casos, disse a ele, você estaria hipnotizado pela entitude do ente e teria esquecido o rasgo da diferença que há entre o ente e o mistério da sua manifestação. Em todos esses casos, você seguiria sua caminhada soberba e estaria apenas fazendo coro com o predomínio do esquecimento do ser. Mas, se no azul profundo daquele anoitecer, a "veemência do real mais belo que o imaginado"[1] te tocasse cortando tua respiração, eu teria condições de começar a desmedir o teu QI ontológico. Isso porque a questão não é esquadrinhar, delinear e abrir a caixa-preta dos entes – coisa que o Ocidente, hoje mundial, está em vias de realizar por completo – mas permanecer atento ao acontecimento maravilhoso de que o ente é! Assim, a baleia não é apenas a sua forma e a sua constituição elementar, o que constitui a refeição e a superficialidade dos estetas, mas é algo que indica a sua aparição, ela aponta para o evento de ela ser, para a doação indizível dela mesma. Se o esteta contempla a coisa e se deleita em sua poltrona, o heideggeriano, suspenso, sente perplexidade diante do seu surgimento. Ao contrá-

---

[1] Palavras da poeta Sophia de Mello Breyner Andresen em *Antologia: Mar*, 2001, p. 179.

rio do esteta, ele não esquece a ocultidade e a doação que se retrai. Posso então agora começar a dizer que quem mora no rasgo dessa diferença efetua em si mesmo o sentido e a vocação dos textos de Heidegger, quer esta pessoa tenha ou não lido o pensador alemão.

Heidegger tomado como atividade cultural ou como assunto acadêmico de "exegese competente" constitui um triste mal-entendido. Ler Heidegger é desdobrar em si mesmo a experiência da negatividade e aceitar o convite de migração para fora da experiência do ser como presença. Lido a partir do QI ontológico, Heidegger é uma chave ou uma senha para abrir a porta para o precipício. Na medida em que me deixo conduzir pelo caminho do seu pensar, termino por encontrar acolhimento no precipício e, nele aninhado – o que constitui uma posição paradoxal e rara –, experimento o sentido do ser, não mais metafisicamente como presença, mas como vinda e emergência. Eu ousaria dizer então que é um heideggeriano aquele que carrega no corpo a memória do ser como um salto. Essa espécie de homem-orvalho guarda também em sua dor o saber de nosso exílio, pois no mundo tecnosférico da produção e autoprodução infinitas as coisas secam e perdem o orvalho. São instaladas prontas e, por meio desse "não-acontecimento", destituídas de qualquer nascedouro e movimentação. Se lido a partir do QI ôntico e da vontade de saber, Heidegger gera apenas uma obesidade conceitual e um tagarelar infinito e sem e daí...?, lido a partir do QI ontológico, ele nos conduz a um *the end*, a um espaço de retração e descolamento de onde experimento as coisas como advento e chegada.

Se doravante digo as coisas guardando o movimento dessa eclosão a partir do oculto, então é a linguagem que fala em mim. Meu dizer já não é mais metafísico, não é nem etiquetagem representacional da mera presença de algo, nem expressão de alguma vivência interior. É um dizer silente e calado, pois ele não esquece a autorretração e o autoesquecimento do ser: "vazio e sem acontecimentos",[2] como um recém-chegado ou um recém-nascido, volto para casa. Estou curado da errância metafísica! Eu, janela sem ninguém, tornei-me agora "um ser impessoal, sou simplesmente um espelho fiel do mundo".[3] Minha casa é a casa da extimidade, uma casa para os íntimos do estranho. Uma casa erguida na distância, pois o excessivo adentramento, o apoio no ente, rouba o lugar da visão real! Uma casa longe da casa dos homens, para os recuados que têm por missão dizer e guardar o que os adentrados não enxergam. A casa heideggeriana é uma casa rara, uma casa fronteiriça para moradores com identidade negativa. Afinal, apenas um si-mesmo-buraco pode sustentar a ressonância amorosa da autoepifania fisiocêntrica. Os seres muito mundificados e contextualizados carregam o seu si-mesmo por toda parte e dispõem de óculos antropocêntrico-culturais para ressoar o mundo da arena humana.

Mas os vazios e os ocos, os estenógrafos do ser, conforme a palavra de Marina Tsvetáieva, esses seres não identificados com o mundo e mais sintonizados com o

---

2   Palavras da poeta Marina Tsvetáieva (*Vivendo sob o fogo*, 2008, p. 294). A passagem completa é: "Amigo, se a tudo isso você for indiferente, você estará *vazio* como eu estou. Vazio como a Música. Você, *sem* acontecimentos. Você, sem paredes. Você – fora de você – [...]. Para você será fácil morrer".

3   Palavras tomadas de Tsvetáieva, op. cit., p. 143.

invisível da sua doação, existiram clandestinamente em várias épocas. Pós-metafísicos e não metafísicos existiram e fizeram aparição minoritária tanto no interior da história do Ocidente como fora dela. Monges taoístas e pessoas como Chuang Tzu existiram fora da história do ser enquanto alguns místicos cristãos e mais proximamente pintores como Cézanne ou poetas feito Hölderlin e Tsvetáieva viveram constantemente essa outra relação com o mundo, relação de deixar ser e do agradecer. Isso não significa, entretanto, que haverá um dia uma época alética, um novo (outro) começo no qual o estremecer do *Dasein* abriria uma nova clareira epocal, algo como se toda cidade do litoral uruguaio recebesse a medida não mais da dimensão produtiva ou das várias economias libidinais, mas da retração que concede a brancura do esqueleto, reluzindo na noite azul-marinho. Uma tal revolução do ser comparável ao advento do *paradiso terrestre* acontecia apenas na cabeça do revolucionário Martin Heidegger. Como diz sensatamente Sloterdijk, o pensar heideggeriano é ótimo para uma "época pós-missionária, pós-científica, pós-universalista e pós-voluntarista. Mas uma época assim não existe".[4] Vale dizer que não há superação da metafísica e uma questão mais legítima é saber como conseguem viver ou obter alguma proteção jurídica os pastores do ser que vivem no interior do construtivismo agressivo da modernidade.

O relato do evento-baleia é topologicamente útil para clarificar a posição heideggeriana. Mostra, contrariando a afirmação propalada em manuais, teses e artigos, que Heidegger não é um pensador do ser-no-mundo. Ele, in-

---

4   Peter Sloterdijk, *Sin salvación: tras las huellas de Heidegger*, 2011, p. 38.

clusive, nutria certa antipatia pelos mundanos e pelos esquecidos. Toda sua incitação filosófica aponta para o ser-na-fronteira e para a experiência do acontecer original do mundo. Quer se tome o *Ser e tempo* ou o opúsculo *Que é metafísica?* ou ainda outro texto, sempre leremos que é apenas quando a familiaridade escorre para o ralo e o ente emerge na estranheza que se pode apreender a situação originária e o quem do *Dasein*: "[...] ser aí quer dizer: estar suspenso dentro do nada!".[5] Estar suspenso dentro do nada ou "estar entre (*Das Zwischen*) o essenciar-se do ser e a entitude do ente".[6] Nada disso diz do estar dentro do mundo. Para o pensador de Freiburg, o estar caído e apoiado no ente equivale a um estar-em-pecado e o homem que coincide com sua determinação mundana é para Heidegger sempre alguém suspeito de não ter percebido que se encontra sequestrado. É apenas quando ele descoincide da determinação mundana que pode ganhar-se novamente. Daí o privilégio concedido aos moribundos no pensamento heideggeriano: "A proposição apropriada no que diz respeito ao *Dasein* no seu ser deveria ser *sum moribundus* [eu sou morrendo], *moribundus*, não como alguém gravemente doente ou ferido, mas que enquanto eu sou, eu sou *moribundus*. O *moribundus* dá primeiro ao *sum* o seu sentido".[7] A diferença entre estar no mundo e já não mais estar nele – a primeira diferença explorada por Heidegger nos anos 1920 – assegura ao *Dasein* a constância da iniciação, o salto angustiado a partir do sem-apoio (*Ab-Grund*).

5   Martin Heidegger, "Que é metafísica?", 1979, p. 41.
6   Id., *Aportes a la filosofía: Acerca del evento*, 2003, p. 29.
7   Id., *History of the Concept of Time: prolegomena*, 1992, p. 317.

Se o moribundo é des(constituído) pela ruptura e pela diferença, o mesmo vale para a criança heideggeriana. Em *Introdução à filosofia*, curso de 1928-1929, ao tentar preencher a lacuna deixada em *Ser e tempo*, lacuna nomeada no §72 da obra de 1927[8] sobre o *Dasein* infantil e o ser-para-o-começo, mas também sobre o nexo da vida no qual o *Dasein* tem continuidade, Heidegger informa que sua criança nasce do movimento de esquiva. O nascedouro do infante heideggeriano é o não. "Enquanto esses fenômenos como a repulsa, a rejeição, a defesa não forem esclarecidos em sua estrutura ontológica, não poderemos começar a interpretar um estado dessa natureza como o estado da criança em sua essência."[9] O menino heideggeriano surge esquivo. Onde está o sim jubiloso da criança que, acompanhada do aliado, sente estar criando o mundo? Onde está a criança que se estende, expandindo seu corpo sobre o mundo?

Ora, se o moribundo está suspenso e descolado dos entes e a criança também existe, para o pensador de Frei-

---

8   "A morte é, no entanto, apenas o 'fim' do *Dasein* e, em sentido formal, apenas um dos fins que abrangem a totalidade do *Dasein*. O outro 'fim' é o 'começo', o 'nascimento'. Só o ente 'entre' nascimento e morte apresenta o todo que se procura. Desta forma, ficou 'unilateral' a orientação dada até aqui à analítica, apesar de tender para o ser-todo existente e de explicar, genuinamente, o ser-para-a-morte próprio e impróprio. O *Dasein* só se fez tema existindo, por assim dizer, 'para frente', deixando, com isso, 'para trás' de si todo o ter sido. Não apenas se desconsiderou o ser-para-o-começo, mas sobretudo, a extensão do *Dasein* entre nascimento e morte. Na análise do ser-todo, passou-se por cima do 'nexo da vida' em que o *Dasein*, constantemente e de algum modo, se mantém" (Tradução modificada de *Ser e tempo*, 2006, p. 464).
9   Id., *Introdução à filosofia*, 2008, p. 132.

burg, numa posição de suspensão oriunda do não e da retração, como nomear o homem estabilizado de meia-idade, o homem que coincide e acolhe positivamente a determinação mundana? Impossível. Para alguém capaz de pensar de modo tão profundo a ruptura e a diferença, é impossível acessar o segredo da continuidade. Se tanto o moribundo como a criança heideggeriana habitam sempre o rasgo de um começo e de um clarão, o que dizer do já começado, que continua e não desmorona de si a todo momento? Será que esse "esquecido" está excluído de toda propriedade e consistência? Como soletrar a dignidade dos homens identificados com o mundo e que não conhecem a experiência de ser ruptura e desmoronamento permanente? Obviamente, Heidegger jamais corrigiu os déficits enunciados no §72 de *Ser e tempo*. Ele teria que nascer de novo para fazê-lo e, talvez, nem assim o conseguisse. Ao longo de sua obra, o elogio do mortal hipertrofiou-se,[10] e a semântica para os mundos efetivamente existentes tornou-se mais e mais pobre, bem como as palavras, nada lisonjeiras, dirigidas ao pobre escravo da armação.

Na verdade, o único modo de pensar a determinação mundana positivamente – não como um sequestro ou algo que de pronto desaba sobre um coletivo de camelos – é pensá-la como algo que emerge das relações fortes e do fenômeno da criação de mundo (fenômeno onde eu crio e sou criado por aquilo que encontro). Em *Ser e tempo* não há irmãos juramentados, casais apaixonados e muito

---

10 Hipertrofiou-se a ponto de ele encarnar a única esperança de um futuro outro e a única chance de historicidade para além das notícias historiológicas do homem normalizado do *Ge-stell*. Este último apenas o equivalente a uma nuvem de gafanhotos.

menos bebês mordendo o peito de mães. Heidegger não pensou o espaço das relações íntimas nem explicitou fenomenologicamente aquilo que (efetivamente) acontece entre seres humanos. É certo que devemos a ele a desconstrução do entulho metafísico no qual se assenta inclusive a teoria psicanalítica, mas a desconstrução da relação sujeito/objeto não garante a descrição precisa daquilo que acontece no registro inter-humano. Devemos isto a Peter Sloterdijk: sua descrição dos aliados e dos receptáculos imunológicos revela o núcleo mágico e o caroço surreal e abundante da experiência do si mesmo e do ser no mundo. A esferologia sloterdijkiana esclarece definitivamente a posição de Heidegger.

Para retomar os personagens conceituais, os tipos ovoides tratados no segundo capítulo deste livro, pode-se dizer que Martin Heidegger é um pensador do ovo-cuia (o ovo cortado sem a parte superior) e do ovo blindado e duro. Sua obra é um hino de louvor ao primeiro e uma tática militante para tentar furar e quebrar o segundo. Há, entretanto, uma limitação do pensador do originário para acessar a experiência e o *lócus* do ovo inteiriço com furinhos. Nomear e compreender essa possibilidade de ser humano é o que logra Peter Sloterdijk. Sua analítica do estar-acompanhado, fundante da interioridade e da pessoalidade, localiza a posição solitária de Heidegger. À luz de Sloterdijk, Heidegger, o menino que perdeu o mundo para ganhar o olhar, é um gênio da solidão.

II. A revolução

Quem aborda o pensamento de Heidegger logo nota que ele é alérgico tanto ao mundo amparado na transcendência como ao mundo controlado cientificamente. Não se sente em casa nem no primeiro nem no segundo. Se a experiência fundamental no mundo metafísico é a da apreensão intelectual da coisa na sua forma aspectual, forma essa que, ao perdurar imune ao sensível e ao devir, lança a alma que a contempla no abrigo do eterno, a experiência moderna fundamental da entitude do ente é a representabilidade. Isso quer dizer que o ente só aparece na medida em que é colocado por um sujeito e obedece à sua legislação interiorizada. O sujeito humano é a condição do objeto, e a objetividade é exatamente a situação na qual o ente encontra-se sob a jurisdição desse sujeito. Ora, Heidegger rejeita a metafísica platônica, que conduz ao endereço verdadeiro no suprassensível, assim como o programa teórico gnosiológico moderno, que faz do ente um prisioneiro do olhar do homem sobre ele. Nesse segundo programa, a Terra é paulatinamente convertida num condomínio de bem-estar que se autogere. Para Heidegger, a casa e a pátria não estão nem no além nem no mundo instalado provedor de conforto e "qualidade de vida". O filósofo de Freiburg pretendia reivindicar um terceiro tipo de experiência que não concedia a estabilidade da *theoría* grega nem o controle oriundo da investigação científica. Nem céu, nem laboratório! Esses dois mundos constituem exílio para aquele que guarda a memória da pátria. Estar longe de casa e de nós mesmos; isso está patenteado na experiência da dor. A dor sustenta a memória da reconciliação. A dor recorda nossa distância da coisa (como advento, como mensageira) do outro (como vizinho do mistério) e de nós mesmos (como receptáculos ocos). A dor atinge o ápice na apatridade (*Heimatlösigkeit*). São sintomas dessa apatridade: a "interpretose" infinita das ciências humanas e sua fobia da verdade; a imortalidade galopante nas ciências da vida e a conquista cósmica na ciência natural. Diante dessa aceleração desenraizadora, só a dor encarnada no pastor do ser constitui ainda uma salvaguarda do ethos originário. Mas o que guardam o mortal e o pastor do ser? E a resposta é: eles guardam o simples, a maravilha das maravilhas, o acontecimento fundamental de que o ente é.

Se os metafísicos, antigos ou modernos, ficam detidos na onipresença do ente, seja para saudá-lo conceitualmente, seja para protetizá-lo ou melhorá-lo tecnicamente, o pós-metafísico reivindica o retorno à casa. Retornar para casa e curar-se da errância metafísica significa tanto ultrapassar a posição subjetiva como entrar em uma relação modificada com a linguagem. Aquele que já não experimenta apenas o delineamento do ente, mas habita o clarão da eventualização do ser, já não é um titular ou um proprietário de suas palavras. É a linguagem do ser que fala através dele, como se este último dispusesse de um aliado estranho cuja essência é exatamente ser canal aberto e desentupido para o ressoar dizente da oferta incessante do "dá-se".[11]

O que salta aos olhos na caracterização do pastor do ser é o extremismo dessa posição. Quantos candidatos apareceriam num RH de seleção para pastores do ser ou mortais heideggerianos? A escassez dos candidatos repousa no fato de que as figuras mencionadas não são nem de reflexão nem da interioridade. Quem toma seriamente o caminho de Heidegger diz não ao belo e ao mundo estético, ao mundo eterno e também ao mundo

---

11 Id., "Tempo e ser", 1979, p. 284.

interno. Diz não também à investigação científica e às suas construções, só restando como maneira de viver uma vagabundagem poético-ontológica fiel à palavra dizente. Aliás, a primeira vez que compreendi Heidegger, eu assistia a um filme na televisão sobre um policial que sofria de amnésia e queria descobrir qual era sua identidade. Se ele era do grupo do bem ou do mal. A certa altura, cai um pé-d'água e passa uma mulher com um guarda-chuva. Nessa hora eu me levantei da poltrona e gritei: Diz a chuva, diz a mulher! Esquece de vez este assunto de querer saber quem você é! Você é feito para dizer, ressoar e desaparecer! Aproveite que se esqueceu do detrito biográfico, agarre esta oportunidade nadificante e faça algo diferente! Tome o oco, o vazio e a facilidade para morrer. É óbvio que o filme não foi nessa direção, mas essa intervenção explica por que Sloterdijk em *O sol e a morte* se refere a Heidegger como o fundador de uma religião da clareira, religião cujo ensinamento único é o de que o homem deve acolher o clarão inquietante com reverência e meditá-lo. Não há dúvida de que uma figura como essa, desfigurada e em questão, pois já não pode dizer quem é e onde está, teria dificuldade em encontrar um lugar ôntico no mundo moderno onde o que importa é a explicação dos entes, a explicitação dos processos e a reconstrução da totalidade das coisas. Como já não resta quase nada do brotar fisiocêntrico para a colheita do pastor do ser, e tudo o que é encontra-se emoldurado pela armação, o pastor do ser, para não secar de aridez e emudecer de dor, precisa ser transplantado para reservas e parques de natureza naturante, mas essas zonas são doravante elas mesmas calculadas e desenhadas pela técnica e protegidas por governos organizados.

Na verdade, a famosa revolução heideggeriana, a transição da gramática humanista do ativismo para a "gramática do acontecimento",[12] jamais acontecerá. Se Heidegger conseguia acreditar no seu próprio mantra da cesura epocal, das ilusões revolucionárias humanas (comunismo e nazismo) para a verdadeira revolução ontológica da religião da clareira, nós, oitenta anos depois, já não temos mais como não sorrir do pensador alemão e de sua narrativa da superação da metafísica. Esse relato filosófico, no qual o "niilismo europeu" poderia não ser a estação terminal, é hoje mero assunto acadêmico para a estante dos clássicos e os conversadores de segunda ordem nos guichês universitários. Quando se notam as ondas de refugiados e imigrantes buscando as áreas de conforto e proteção no âmago do "niilismo europeu" e nas cidades mais opulentas do último homem, fica evidente que era fundamentalmente cristão o temor heideggeriano (e também o de Nietzsche) da ausência de futuridade inaugurada pela pós-história.

Se a revolução de Marx, uma revolução que abolisse a troca mercantil e o predomínio do trabalho abstrato e do valor sobre a vida concreta, esteve longe de acontecer, a revolução de Heidegger, igualmente extrema, pode ainda acontecer para alguém decidido a morar nos mosteiros do monte Atos ou em alguma ilha do arquipélago japonês, onde existam comunidades de butô, mas essas hiperminorias já não abrirão futuros e rachaduras epocais no interior cronificado da tecnosfera. Se alguns poucos seres ex-postos dizem encontrar amparo no desamparo, esses serão sempre uma vanguarda de auto-eleitos sem

---

12 Peter Sloterdijk, *O sol e a morte*, 2007, p. 88.

seguidores. A maioria das pessoas continuará a buscar as imunidades oferecidas pela modernidade e a integração na atualidade infindável do habitáculo técnico.

III. As mulheres

Heidegger, o campeão do negativo e mestre do retraimento, gostava mesmo era dos mergulhos clandestinos no corpo das mulheres. Se ele tivesse ousado pensar esse outro movimento, concluiria que a suspensão imposta pela angústia é cansativa, que o amor é uma promessa de sossego (repouso) e que sua filosofia jamais se aproximou do verdadeiro segredo dos desenraizados (desassossegados).

7
O íntimo e o êxtimo

I. Microesferologia e ontologia da intimidade

Esferas I inicia-se com a descrição fenomenológica de dois aliados em uma comunidade insuflada: um menino na sacada brinca com as bolhas de sabão que sopra para o alto. Encantado, ele acompanha o trajeto da bolha e é como se o percurso dela, seu manter-se no voo, dependesse da atenção extasiada dele. Fora de si e longe de sua base corporal, acompanha extaticamente a bolha, garantindo que ela não estoure prematuramente. A atenção do menino derramada e embebida na bolha a anima na mesma medida em que o voo sustentado da bolha o anima. Esse "ser-um-no-outro", esse dois em um, diz de uma relação específica em que crio alguma coisa na mesma medida em que sou criado pela coisa que crio. Esse tipo de relação paradoxal e surreal é impossível de ser descrita em termos do repertório da filosofia moderna. A gramática sujeito-objeto, herdeira da metafísica grega da substância, impede que se nomeie o espaço íntimo. Se nomeio o menino como "um sujeito cartesiano aferrado ao seu *lócus* pensante sem extensão, a observar uma coisa extensa [a bolha de sabão] em sua trajetória com dimensão pelo espaço",[1] então eu teria ficado cego para o que se passa ali entre aqueles dois.

Ao lado da situação do menino e da bolha de sabão, Sloterdijk elege a relação entre Deus e Adão, tal como aparece na narrativa bíblica, como um segundo paradigma de relação íntima. Segundo esse relato, Deus aparece em um primeiro momento como um ceramista que produz um boneco oco. Apenas em um segundo tempo, revela-se que o oco, a natureza vascular de Adão, constitui-o em canal para um inspirador. Deus sopra nas narinas de Adão e, do ponto de vista desse pacto pneumático, Deus também depende da animação do insuflado para se animar. Nas palavras de Sloterdijk, acerta quem percebe que "o assim chamado autor [ser originário criador] não preexiste ao trabalho pneumático, mas engendra-se sincronicamente com esse próprio trabalho, num confronto interior com seu semelhante".[2] Trata-se de uma aliança ressoante, exercendo-se originariamente, e não há um primado ou uma antecedência ontológica de Deus.

Esses dois paradigmas de relação íntima (o menino e a bolha; Deus e Adão) bastam para notar que, para Sloterdijk, o primeiro, o mais elementar, aparece desde o início como dualidade correlativa; o início é consubjetivo, e não intersubjetivo conforme as fenomenologias precedentes. O originário é pensado sempre como teoria dos pares. A ontologia sloterdijkiana parte do dois, e não do um. Sem esse dueto prévio dos mimos animadores não há ebulição nem nascença do um. Ninguém existe antes de seu animador. A natureza vascular (oca) do homem exige o soprador vivificante.

1 Peter Sloterdijk, *Esferas I: Bolhas*, 2016, p. 20.
2 Id., ibid., p. 39.

Para Sloterdijk, o ser humano é um canal oco e penetrável e, se ele não for visitado e preenchido por hóspedes duradouros, pode ficar vazio e sem um dentro. O que chamamos de interioridade é o resultado de expropriações apropriadoras, mergulhos extáticos e gestos canibalizadores. Pensar a intimidade é pensar a área dessas ações e adentrar nesse tráfego de gestos incorporadores: a intimidade, essa imersão abissal no mais próximo, constitui uma região vedada a todos aqueles que permanecem reféns da linguagem sujeito/objeto. Paradoxalmente, a psicanálise freudiana, porque aprisionada nessa linguagem objetivante e ancorada num "dogmatismo individualista, impregnado por uma ontologia reificadora",[3] não consegue nomear o espaço matriarcal e tem uma relação fóbica com o território vago e pastoso das misturas simbióticas. Uma das virtudes de *Esferas I* é que nele o ontologista do íntimo logra uma semântica adequada para adentrar nesses campos do início e consegue realizar uma síntese filosófica de vários achados clínicos pós-winnicottianos. Se Heidegger já havia removido o ponto de partida objetivante presente na psicanálise vienense sem, no entanto, plantar nada de positivo no terreno desconstruído, Sloterdijk, seu sucessor e complementador, encontrou um modo de dizer pertinente para adentrar o território misterioso da antropogênese.

Em uma representação possível, partir de sujeito e objeto equivale a partir de dois círculos inteiriços e consistentes. Começar dessa relação, entretanto, seria iniciar do "quilômetro quinze", pois um bebê humano não é ainda um sujeito dotado de psiquismo e capaz de

---

3   Id., ibid., p. 422.

se relacionar com objetos. A representação teria de ser a de um círculo dentro de outro e mostrar como só pouco a pouco o bebê emergirá como um ser separado a ter a consistência do círculo inteiriço. A linguagem sujeito/objeto falsifica o campo das dualidades arcaicas, no qual o dueto ressoante tem de tocar junto por muito tempo até que o repertório tenha entranhado numa das partes a ponto de ela conseguir tocar sua peça em outras circunstâncias e sem a presença do complementador. Só então, apenas após muita "musculação" conjunta, o sujeito em devir poderia desempenhar sua parte sozinho em outros contextos. Sozinho aqui significa exatamente o contrário de solidão: o ter sido acompanhado, ter incorporado um repertório no encontro com o outro.

Outra das virtudes de *Esferas I* é abrir os olhos do leitor para as várias legalidades esferológicas e suas semânticas específicas. Assim, se estamos no espaço inicial, onde o infante vai ser animado e dotado de alma, devemos falar apenas de não-objetos e pré-sujeitos. Nos duetos pré--objetivos e formativos, constitutivos da vida, o outro é o complementador íntimo e o gênio aliado, mas nunca um objeto. Objeto é aquilo cuja "deixabilidade" não afeta a consistência do sujeito. Já a perda do complementador íntimo é de outra natureza, pois ela é simultaneamente a perda do sujeito em vias de constituição. Essa mutação semântica concernente à discriminação da legalidade esferológica esclarece, por exemplo, uma questão como a da melancolia. Falar da perda do objeto no caso da melancolia é um exemplo de equívoco de legalidade esférica: o melancólico não é alguém que "perdeu um objeto", mas alguém de quem foi arrancado cedo demais o não--objeto complementador. Para Sloterdijk, o "estado de ânimo depressivo-melancólico é a resposta adequada do indivíduo amputado do nobjeto [não-objeto], à atrofia do seu campo psíquico".[4]

Se o um emerge do dois, e a própria interioridade humana é o precipitado de escavações e do mergulho de outros em mim, é mais apropriado falar não de indivíduo, mas de divíduos. O divíduo seria o mais originário e, nesse sentido, o ser humano não coincide com a unilateralidade do *Dasein* heideggeriano solitário e vazio de qualquer intimidade. Se a questão de Sloterdijk com Freud está ligada ao caráter objetificante de sua linguagem, com Heidegger, seu mestre decisivo e antecessor imediato, a questão fundamental da qual surgiu o próprio projeto *Esferas* tem a ver com o caráter abstrato da proposição do ser-no-mundo. De fato, Heidegger não consegue qualificar o ser-em (*In-sein*): o ser ou estar dentro do mundo. Ele pensa a irrupção originária na qual estamos suspensos dentro do nada, mas não o continente de pertencimento a partir do qual podemos dizer onde estamos quando estamos no mundo. Para Heidegger, e para muitos de seus seguidores no romantismo do aberto e do evento, é como se algo de essencial se perdesse quando nos localizamos mundanamente. Sloterdijk mostra que, embora Heidegger tenha colocado de modo sério a questão do ser-no-mundo e insistisse tanto no tema do enraizamento no mundo, ele nada sabia dos modos como esse enraizamento se realiza. Sua obra incita a experiência da borda do mundo e do originário, mas não sabe dizer o enraizamento e, por isso, desconfia da determinação mundana.

[4] Id., ibid., p. 423.

Para Sloterdijk, não há motivos para suspeitar da determinação mundana e para não a acolher: ela nasce criativamente do encontro com aliados íntimos. É nas relações fortes, ausentes da analítica de *Ser e tempo*, e nas experiências de ressonância radical, nas quais o encontrado é uma criação minha, que simultaneamente me constitui e me cria, que emerge o repertório existencial e o si mesmo. É como no exemplo já dado no convívio do menino com sua bolha de sabão. Se ele adquire ali consistência e se expande é porque a bolha de sabão é uma criação sua, e não uma exterioridade qualquer. Se usasse a linguagem objetal da psicanálise, dir-se-ia que a bolha de sabão é um objeto-eu-mesmo, um (ob)*je*, em francês, e é apenas no mimo desse espaço de ressonâncias onde o menino é um mago-criador que ele adquire a musculatura vertebrada do si-mesmo e escapa do vazio invertebrado da desterritorialização. Se o si-mesmo cresce no calor da amizade e do encontro, não há razão para que esse si-mesmo (*Selbst*) não coincida consigo próprio ou para se supor que ele está alienado. Não há também por que desfazer ou desconstruir o que surgiu a partir da incorporação produtiva daquilo que se ofereceu à altura do gesto canibalizante.

Ser e tempo, de Heidegger, desconhece a esfera íntima e a dimensão do acompanhamento. Ao encabeçar a xenofilia das ontologias contemporâneas, Heidegger e a grande maioria dos filósofos do século recém-encerrado não poderiam descrever o que acontece no jogo do menino e da bolha de sabão, esse belo jogo demiúrgico no qual o mundo é criado. Estariam cegos para acontecimentos decisivos. As análises de *Ser e tempo* sobre o ser-com cotidiano, olhadas retrospectivamente à luz de

Esferas I, espantam pela insuficiência. Não há casais de namorados nem crianças com suas mães. Na analítica heideggeriana, encontramos sapateiros, marceneiros e leiteiros, mas nunca uma mãe ou um amante. Os outros, para Heidegger, vêm ao encontro "a partir do mundo em que o *Dasein* se mantém, de modo essencial, empenhado em ocupações guiadas por uma circunvisão".[5] Vale dizer que é o caráter utensiliar da mundanidade do mundo que dá o tom à analítica do *com*, quando, na verdade, a operação está invertida, pois é apenas a partir de um certo tipo de estar-com (o ser-um-no-outro) e da estada na estufa imunológica que posso adentrar o mundo e nele me enraizar. É na discussão do enraizamento no mundo que Sloterdijk se autocompreende como um continuador e um crítico de Heidegger:

> somos da opinião de que o interesse de Heidegger pelo enraizamento, na medida em que se pode salvar algo dele, só terá suas legítimas pretensões atendidas mediante uma teoria dos pares, dos gênios, da existência completada [complementada].[6]

O enraizamento no mundo é assunto inter-humano e depende das relações de proximidade em receptáculos que paradoxalmente contêm a si mesmos. Nesse sentido, "um par 'consistente' é um contentor autógeno desse tipo, um autorreceptáculo".[7] Se um "par consistente" é uma espacialidade, há de se descrever fenomenologicamente

---

5 Martin Heidegger, *Ser e tempo*, 2006, p. 175.
6 Peter Sloterdijk, *Esferas I: Bolhas*, 2016, p. 309.
7 Id., *O sol e a morte*, 2007, p. 119.

esse espaço a fim de realmente compreender "onde estamos quando estamos no mundo". Estamos na própria casa ou no aeroporto? Estamos no interior da placenta, no berço ou em uma reunião de executivos da era globalizada? Mais importante: chegamos a ter alguma feição ou ficamos desenraizados sem saber quem somos e quem são os outros? A principal deficiência da analítica heideggeriana de *Ser e tempo* diz respeito à questão da espacialidade existencial. Heidegger faz anúncios e assina promissórias que não pagará. Para Sloterdijk, Heidegger acerta ao falar negativamente e mostrar que não estamos no mundo feito bonecas russas (o que equivale a destituir o reino plurimilenário da metafísica e da física dos receptáculos), mas ele decepciona seu leitor quando tenta explicitar positivamente o estar-no-mundo no sentido do poder-estar-em-casa e do habitar. A semântica existencial heideggeriana é deficitária quando trata de dar conta da familiaridade e de suas matrizes. Se as análises heideggerianas da filosofia cartesiana também apontam para o esquecimento do ser-em e do ser-no-mundo no pensamento moderno, quando Heidegger, por sua vez, formula seus próprios enunciados positivos sobre a espacialidade do *Dasein*, não temos mais do que poucas páginas ou mesmo alguns parágrafos sobre o desafastamento (*Entfernung*) e a orientação (*Ausrichtung*). Para Sloterdijk, a sinfonia prometida nos acordes da abertura fica interrompida, e o leitor sente-se fraudado. É para preencher esse déficit que a palavra *Esferas* toma a cena.

Pode-se, portanto, formular sinteticamente que, se Heidegger pensa o movimento e o salto mundo adentro, evocando "o modo de ser de uma entidade que na mesma medida em que está no mundo, está no salto para o mundo",⁸ o ex-reitor de Karlsruhe, menos refratário aos caseiros e aos amigados, logra pensar o instalar-se em um Interior. É essa relação positiva com o instalar-se que transparece no termo-guia *Esferas*. Não se trata apenas de que é difícil existir suspenso num salto sem apoio, mas de constatar que Heidegger não consegue pensar a aterrissagem a não ser como perda e narcotização. Para pensar a aterrissagem ou o mergulho para o interior, a analítica heideggeriana não poderia compreender o ser-aí a partir de "um [pretenso] impulso essencial para a solidão".⁹

A analítica do Onde existencial exige, consequentemente, que se coloquem entre parênteses todas as sugestões e sentimentos de uma solidão essencial, para se certificar das estruturas profundas do *Dasein* acompanhado e completo [complementado].¹⁰

Para Sloterdijk, no que diz respeito a esse tipo de tarefa,

o primeiro Heidegger permaneceu um existencialista, no sentido problemático do termo. Ao voltar-se apressadamente para a questão do Quem, ele deixa para trás um sujeito existencial solitário, fraco e histericamente heroico, o qual julga que deve ser o primeiro a morrer e vive no lastimável desconhecimento dos motivos mais ocultos de sua integração às intimidades e solidariedades.¹¹

---

8   Id., *O estranhamento do mundo*, 2008, pp. 90-91.
9   Id., *Esferas I: Bolhas*, 2016, p. 308.
10 Id., ibid.
11 Id., ibid.

O interessante nessas passagens é que Sloterdijk não está falando de opções teóricas abstratas, mas do umbigo do pensador Heidegger e das consequências políticas de sua incapacidade de enxergar micro e macroesferologicamente. Um homem desenraizado sonha intimizar-se com o povo mais próximo da mesma maneira que um jovem desencontrado sonha tornar-se líder de torcida organizada ou de alguma gangue. São nos movimentos de mergulho e de absorção que o sujeito busca ilusoriamente uma participação. Para Sloterdijk, "Quem se deixa sugar pelo turbilhão, embora pareça estar aqui, vive em outra esfera, em um cenário distante, em um 'Lá' interior impenetrável".[12]

Se Heidegger reprovava na fenomenologia husserliana o fato de ela ser cega tanto para o ser dos instrumentos como para o ser-para-a-morte, Sloterdijk mostra que Heidegger é cego para os fenômenos esferológicos. A esfera não é algo constatável empiricamente, mas ela está presente, ao seu modo, sempre que nos deparamos com seres humanos. Trata-se apenas de conquistar o olhar para esse *realissimum* e para o mais notório, que é o arredondamento espontâneo que acontece entre seres humanos.[13] A cegueira heideggeriana para o fenômeno esferológico impediu-o não só de pensar a estabilidade

---

12 Id., ibid.
13 A espacialidade interior animada é um redondo não geométrico, conforme as palavras de Bachelard na epígrafe de *Esferas I*: "A dificuldade que tivemos de vencer ao escrever este capítulo foi a de afastar-nos de toda evidência geométrica. Noutras palavras, tivemos de partir de uma espécie de intimidade do redondo" (Gaston Bachelard, *A poética do espaço*, 2012, p. 22).

do habitar (que não tem nada a ver com a inquietante extimidade da habitação no Heidegger tardio), mas também o impediu de esclarecer a diferença entre o "onde" da política e o "onde" matricial do ponto de partida. Para Sloterdijk, a obra tardia de Heidegger vive da ressaca do revolucionário frustrado após a tentativa de aterrissagem no colo do povo mais próximo. Desfeito o delírio de grande líder de movimento, Heidegger retira-se dos empreendimentos políticos e

> Buscará futuramente sua salvação em exercícios de proximidade cada vez mais intimistas. Aferra-se obstinadamente à sua província anárquica e organiza visitas guiadas à casa do Ser – a linguagem – qual um porteiro mágico, equipado de pesadas chaves e sempre pronto a fazer um aceno cheio de sentido.[14]

Para Sloterdijk, Heidegger jamais voltou ao ponto a que precisaria ter voltado, a saber, o de recolocar a pergunta pela disposição originária do mundo. Se o filósofo de Karlsruhe se encaminhou na direção de pensar o ser humano como um viajante que passa por zonas de dependência radical em micromundos até chegar a residir em mundos ampliados, o pensador de Freiburg deteve-se na borda dos mundos e fincou estaca na exterioridade e no clarão da experiência do acontecimento do ser. Se a afeição pela inicialidade e a correlata incompetência transicional para ir fundo no mundo humano faz de Heidegger um mestre religioso comparável a Lao-Tsé ou Nargajuna, Sloterdijk, pensador dos trânsitos e passagens, é alguém

---

14 Peter Sloterdijk, *Esferas I: Bolhas*, 2016, p. 309.

que pode pensar a política. Só pode ter repertório e capacidade para pensar a política aquele que é capaz de compreender as migrações do pequeno ao grande e o transporte ou transferência de familiaridade e confiança desde os pequenos espaços até as estruturas macrossociais. Se os humanos são seres da familiaridade – e efetivamente o são! –, o pensamento de Heidegger será sempre minoritário e jamais fará época.

Como escreveu Hannah Arendt em sua famosa apologia comemorativa do aniversário de oitenta anos de Heidegger, há sempre um poder de se espantar diante do simples, mas algo bem diferente disso é "aceitar esse espanto como morada".[15] Residir no espanto? Mas já uma simples casa humana é, como mostra *Esferas III*, uma máquina de rotinas e hábitos. Para morar no espanto seria necessária a paradoxal acomodação mística na catástrofe esferológica, o que é assunto para minorias poético-religiosas. Em vez do delírio, segundo o qual o pastor do ser possa inaugurar uma nova estação epocal com seu chamado (que, na verdade, não é seu, mas do próprio ser) para fora do regime metafísico de experiência, seria mais sensato inverter sloterdijkianamente a questão e saber como conseguem sobreviver e ganhar alguma proteção os poucos pastores do ser que vivem no interior do hiperconstrutivismo reinante na tecnosfera.

A ideia nutrida por Heidegger em *Beiträge*, de que haverá uma era alética, um outro início no qual o estremecer do *Dasein* requentasse a história sob a figura do evento, é uma ideia religiosa reveladora de ignorância em matéria antropológica. Sloterdijk considera não só

---

15   Hannah Arendt, *Homens em tempos sombrios*, 1987, p. 231.

que não haverá algo como uma superação da metafísica e da técnica, mas também a lucidez no trato dos assuntos humanos nos obriga a reconhecer que o homem é, antes de tudo, um animal familiar, e a questão decisiva é compreender os processos de transmissão da confiança dos mundos pequenos para os grandes. Para um culturólogo e pensador político, tanto a questão do além-homem nietzscheano[16] como a da quebra do sentido possibilitadora do habitar à luz do desamparo são questões minoritárias, mais aparentadas com o heroísmo romântico das vanguardas artísticas do século XX do que com a maioria dos homens, que vive assentada no sentido e na continuidade sustentadora de descontinuidades. O enaltecimento unilateral da descontinuidade pelas filosofias da diferença também mostra ignorância quanto à importância da continuidade para o ser humano.

O fenômeno da catástrofe esferológica e do estresse espacial na microesfera, segundo Sloterdijk, conduz mais a figuras da psicose do que a figuras do pensamento. Quando o "ponto de partida para transferências positivas e criativas [...] já está comprometido, as simbioses estão contaminadas, os espaços familiares de proteção e o bió-

---

16 Nietzsche "contrapôs o ideal social-democrata da satisfação universal de necessidades humanas básicas à autoelevação dos poucos que são criativos em sua obra, e que vivem sob tensões grandes e máximas, embora a sociedade à sua volta há muito tenha decretado a palavra de ordem 'deixe estar'. Faz tempo que não é mais possível termos dúvida do caráter minoritário e cultural e politicamente sem perspectivas dessa opção" (Peter Sloterdijk, *O desprezo das massas: ensaio sobre lutas culturais na sociedade moderna*, 2002, p. 70).

topo da familiaridade estão atrofiados",[17] surgem os "desequilíbrios de filiação", nos quais o indivíduo desenraizado já não tem noção de quem ele é e do que leva ou não leva para o mundo. Se um menino brincou com seu pai e seus olhos brilharam ao jogar futebol, e esse pai, então, presenteou esse menino com várias bolas de futebol cada vez mais bonitas em aniversários e sucessivos natais, e o menino se alegrou e voltou a se alegrar, pois o jogo com a bola não era uma imposição paterna, mas um gesto brotado no corpo desse menino, então quando o menino em questão (a propósito, um menino não em questão) chegar ao mundo escolar, oriundo do mundo familiar, poderá dizer que gosta de futebol e o professor de educação física o reconhecerá como um jogador, e provavelmente o menino chamará esse professor de tio durante o período da educação infantil.[18] Todavia, quando o espaço familiar está atrofiado e a estufa impludiu, o menino passa despercebido[19] e, abandonado ou aprisionado em relações patológicas, tentará, por exemplo, se constituir com heróis virtuais ou figuras de desenho animado. Assim parece ter sido o caso do jovem tornado famoso pela mídia brasileira, morto recentemente de câncer em Uberlândia, que havia se convertido no boneco Ken, namorado da

---

17   Peter Sloterdijk, *O sol e a morte*, 2007, p. 152.
18   Chamar ou não um professor de "tio" é uma discussão esferológica. Em minha infância, esse tratamento era habitual, mas os pedagogos da atualidade já situam a escola em outro domínio esferológico, não familiar.
19   O menino em questão, filho da catástrofe esferológica, protagoniza minha heterotanatografia "Esse menino aí", em *Testemunho transiente*, 2015, pp. 161-85.

Barbie. Como esse exemplo, os psicanalistas atuais contam de vários outros jovens pacientes que, por meio de cirurgias plásticas continuadas, procuram organizar-se e desenhar-se com base em heróis e personagens virtuais. Foram meninos desse tipo que, nascidos há cerca de cem anos, no início do século XX, constituíram a elite nazista em torno de Hitler. É nesse sentido que a esferologia e a analítica microesferológica contribuem para esclarecer um dos aspectos da gênese dos indivíduos fascistas ou com tendências extremistas. Em outros livros, Sloterdijk retoma a problemática dos nazistas e explora o existencialismo dos perdedores e a tentativa de transformar o menos em mais. No livro *Du musst dein Leben ändern* [Deves transformar tua vida], ele desenvolve a temática nietzscheana do salto do impedido para uma supercompensação e mostra que essa era a questão política mais candente na Alemanha dos anos 1930.

II. Os meninos vazios

Os meninos de Hitler e Ceausescu, desfiliados que são, tentam se plantar em qualquer lugar e sem a bússola dos astros internos (destituídos da profundidade humana) podem tornar-se o sonho aleatório de qualquer cabeça ou coletivo. Era o caso de narrar aqui alguma história clínica, mas penso que eu mesmo sou um caso de catástrofe esferológica e de tempestades de simulação do estar-no-mundo. Enquanto muitos filósofos, mestres da suspensão, jamais se aproximaram do segredo dos desassossegados, eu me tornei um especialista na genética do abalo e da falta do fundamento. Eu era tão pouco aconchegado na cobiçada cidadela do eu que, ao chegar na escola, sem ter repertórios localizadores e noção de mim mesmo, passava os recreios percorrendo as paredes com o dedo. Dava voltas no grande pátio até que o dedo parecia dormir e a parede ficar mole. O dedo afundava na parede. Esse trajeto repetido era interrompido por espancamentos que eu recebia de um garoto chamado Flávio. Se o dedo entrava e escavava a parede, talvez um dia eu pudesse adentrar o mundo? O menino espancador foi meu primeiro terapeuta verdadeiro, e eu achava interessante os formigamentos que ficavam pelo corpo após as bofetadas. Até hoje me pergunto: por que aquele menino se preocupava tanto comigo?

Porque o meu primeiro nome foi escrito fora da carne, vaguei pelo colégio como um hermeneuta de paredes e nada se tornou meu! O mundo era uma equação de Lobachevski, uma matemática heterodoxa impenetrável. Porque o meu dueto inicial não vibrou apaixonadamente em mútua devoção e estive impedido de abocanhar minha aliada, fiquei sem repertório e sem uma notícia para carregar ao mundo do colégio. Cheguei assim ao estabelecimento escolar com um corpo sem órgãos e a janela escancarada da falta de interioridade. Eu vivia fora de mim. O nada tremeu por muitos anos e não houve hospitalidade que me propiciasse o nascer de um corpo. Se, quando estoura a bolha íntima, os meninos seguem para o mundo ampliado, pois dentro deles há já todo o mobiliário de uma alma e suas mães já estão incorporadas na base mesma desse mobiliário vivo, no meu caso, tive de carregar até a escola não uma filiação, mas um buraco, não um assunto, mas uma questão. Como o aliado não caiu dentro de mim e eu não pude mergulhar alegremente dentro dele, nem tornar meu o seu leite, fiquei despossuído do repertório de um si mesmo capaz de amansar a exterioridade e integrar o estranho. Enquanto muitos garotos carregam dentro de si o precipitado e o sedimento de muitas ressonâncias, a pequena multidão viva de aliados que lhes dá fisionomia, há outros que precisam fingir estar no mundo e por isso dependuram-se em bulas públicas para se localizar. Esses meninos desencorpados e amputados da mãe se ancoram no alheio: eles nunca podem ser eles mesmos. Para isso, precisam destituir o sonho do mundo e o erro de si a fim de, na ruptura, ganharem alguma notícia confiável. São assim as crianças heideggerianas, elas transitam do self anônimo encobridor para a verdade do buraco, e para elas não há outra alternativa além da tranquilidade alienada e da revelação de si como nadidade. Nesse sentido, o menino heideggeriano, bem como seu irmão francês, o lacaniano,[20] são residentes da borda, que desconhecem o real do encontro e o vir ao mundo sem alienação. Para esses dois órfãos orgulhosos, o eu é uma mentira, e só aqueles que descem até a indigência e são tocados pelo trágico podem reivindicar alguma cidadania ética.

III. Despedir-se do extremo

Para reler agora o aforismo de Kafka e o antitético da moça, nos quais os dois se olham – ele, abismado, para

---

20 Também este precisa se dependurar em certezas imaginárias para sustentar sua integridade ilusória. Se a arquitetura do sujeito se resumisse ao imaginário e ao real, a "instabilidade paranoica", nas palavras de Sloterdijk, seria crônica... A lei aparece assim para retirar o menino do abraço da psicose.

ela, e ela, tranquila, de volta para ele, perguntando-se por que aquele rapaz está tão espantado –,[21] o que intriga e inquieta é saber por que a filosofia recente mostrou tanta predileção pelo rapaz do bonde e tanta antipatia pela posição de quem se "instalou, buscando segurança, como uma mansa habitante da normalidade e como inquilina dos seus centros de tranquilidade e sossego".[22] Por que aquela que tem lugar e mobiliário interno e conhece uma comodidade distendida (relaxada) é tão pouco admirada pelos filósofos, enquanto o rapaz sem teto e sem chão é tão dignificado?! Justamente ele, que não está incluído "extaticamente com outros [...] no comum habitat do mundo",[23] por que ele goza de tantos privilégios entre um certo tipo de pensadores?

Surpreende que essa posição extrema tenha se tornado quase paradigmática na filosofia francesa do pós-guerra. Esse exemplo seria dignificado por Deleuze como o de um desterritorializado sem órgãos; o de alguém que corre por uma linha de fuga numa movimentação anômala, que difere de qualquer determinação identitária. Já para Lacan, o mesmo fragmento tornaria claro o que é estar fora da posição subjetiva e desconhecer a consistência ilusória do eu (*Moi*): é a posição de um dizente "fala-ser", pois, tocado pela extimidade e exposto ao abismo, diz sem a gordura do sentido. Já Bataille leria a posição de alguém efetivamente abandonado ao não-saber. E é na angústia do não-saber, na ruptura de qualquer possível, que o homem aberto se descobre

---

21 Ver capítulo 2, *supra*.
22 Peter Sloterdijk, *Esferas I: Burbujas*, op. cit., p. 92.
23 Id., ibid, p. 86.

uma súplica. Quanto a Foucault, pode-se até esquecer de seu fascínio por Blanchot e Bataille em sua fase formativa. Basta lembrar que sua posição nietzscheana faz da exterioridade o lugar por excelência do pensador genealógico-desconstrutivo. Se por meio de Foucault, "o Dionísio se tornou arquivista",[24] é porque a exterioridade garante a possibilidade de enxergar os acontecimentos, os clarões contingentes que abrem os horizontes "das ordens possíveis".[25] É óbvio que haveria muitas nuances a serem consideradas. Basta lembrar que o último Foucault, o da *Hermenêutica do sujeito*,[26] está na base da antropotécnica desenvolvida por Sloterdijk logo após a esferologia, e que Bataille tem sua transposição das categorias morais nietzscheanas para o domínio da economia tomada por Sloterdijk em *Ira e tempo* e que Deleuze é um aliado quando o autor de *Esferas* propõe uma antropologia não miserabilista da existência exuberante. Para além desses inúmeros senões, o fenômeno forte a que me refiro na hipervalorização do rapaz do bonde é a obsessão constante por esvaziar o sujeito e ultrapassar a herança da filosofia da modernidade. Essa obsessão, de

---

24 Peter Sloterdijk, *Temperamentos filosóficos: Um breviário de Platão a Foucault*, 2012, p. 107.
25 Id., ibid., p. 108.
26 Nesse livro, em que Foucault apresenta as técnicas de subjetivação no mundo antigo, não há descrição de poderes expropriadores, mas o elencar sereno das exigências da espiritualidade, ele afirma o seguinte: "Sabemos que hoje em dia, em nossa experiência cotidiana – esta, um pouco insípida talvez, de nossos contemporâneos imediatos –, só nos convertemos à renúncia da revolução. Os grandes convertidos de hoje são os que já não creem na revolução" (Michel Foucault, *A hermenêutica do sujeito*, 2014, p. 188.)

matriz heideggeriana, conduz ao elogio do self negativo. O interessante em Sloterdijk é que sua obra se desfaz do sujeito moderno, mas não cai na dignificação do vazio, da desterritorialização, da impessoalidade poética ou da exterioridade, pois coloca no lugar o conceito de self ou de si mesmo[27] revigorados pela tradição da psicanálise inglesa do grupo do meio (*middle group*). Essa operação sloterdijkiana é dotada de grande relevância, pois, com ela, o mais francês dos filósofos alemães supera e põe em xeque seus predecessores franceses. Não há dúvida de que a esferologia, ao trazer para o interior da filosofia fenômenos e conceitos inteiramente novos, logra circunscrever e relativizar o âmbito da experiência filosófico-literária francesa. Essa circunscrição é superadora, pois os fenômenos esféricos e a inclusão do nascimento e dos bebês no interior do discurso filosófico é algo inconcebível para os reivindicadores da herança de Nietzsche e de Heidegger.

Sloterdijk inaugura assim um novo paradigma para a filosofia do século XXI e renova as bases da conversação filosófica. Uma conversação mais ampla, mais aberta, mais complexa e menos extremista e vanguardista. Visto de hoje, o programa francês parece um tanto ingênuo e mal se entende como é que homens inteligentes podiam realmente acreditar que se mudaria de época ou de homem numa década. A operação sloterdijkiana de transição paradigmática pode ser denominada de pas-

---

27 Por outros caminhos, um movimento semelhante se dá na obra de Paul Ricouer. Ele também desenvolve a noção de self e de si mesmo e se afasta do tipo de pensamento produzido por seus colegas de geração.

sagem ontotopológica de um lado para o outro do entre (*Zwischen*). Essa viragem é responsável por um deslocamento *sui generis* na filosofia contemporânea. Ela inibe o acento ontomaníaco das filosofias recentes, que, em sua devoção ao evento (*Ereignis*), tendem a desprezar a continuidade do mundo instituído, seu barulho e falta de intensidade. Para o pensamento do evento, é como se o mundo estivesse em estado terminal e carecesse de revolução e de superação, e os filósofos fossem os heroicos guardiões de novas lufadas epocais. Se o chamado ético de Heidegger arrastou muitos para o outro lado do entre, em que o fundamental é expor-se ao descontínuo e ao incessante da irrupção do ser – o que envolve uma posição extravagante no limiar e na borda das culturas (o acontecimento do ser equivale ao grau zero da hermenêutica) –, a obra de Sloterdijk realiza uma migração para o outro lado do entre, o que implica uma virada de *Stimmung* e um maior amigamento do mundo. Pensar os vários mundos por dentro, os mundos nos quais o ser humano se sustentou e encontrou lugar, e ainda assim o segue fazendo, é o legado do culturólogo e mega-abraçador de mundos, Peter Sloterdijk. Após sua descrição dos processos morfogenéticos implicados na formação dos vários mundos desde a "pré-história" até a pós-história, muito da filosofia anterior soará ultrapassado. A memória monstruosa e a visão hiperbólica situam as questões da modernidade e da experiência do presente com base em quadros muito mais amplos e exigentes que os até hoje praticados. A analítica do espaço e da forma, empreendida por Sloterdijk – sua resposta exaustiva à pergunta: onde estamos quando estamos onde estamos? –, traz para a filosofia "uma forma filosófica nova do pensamento, do mundo e até mesmo da existência".[28] Já é possível avaliar o impacto da renovação sloterdijkiana da filosofia. Não se trata apenas do efeito óbvio sobre a Teoria Crítica alemã, como atestam as polêmicas com Habermas em 1999 e Honneth em 2009.[29] Tão interessante quanto esse debate com os representantes das últimas gerações da Escola de Frankfurt é a questão do impacto sobre a filosofia francesa do pós-guerra. Na medida em que o pensamento imunológico reposiciona a obra de Heidegger e de Nietzsche, e o pensamento francês é fundamentalmente uma operação a partir de leituras desses dois filósofos alemães – e quem assim também o afirma é um digno representante dessa tradição, Alain Badiou, em *A aventura da filosofia francesa no século XX* –, a virada esferológica termina por problematizar e mostrar o esgotamento de grande parte das questões que compõem o "programa francês", segundo a expressão de Badiou no livro citado.

Nesse sentido, a lição de Sloterdijk é que a filosofia não pode se aliar apenas ao rapaz do bonde. É óbvio que ela pode e deve pensar a não integração e a desintegração em suas formas mais variadas, mas se ela escutar apenas os desertores, os artistas, certas crianças e as singularidades, nada poderá compreender do integrar-se aos espaços no mundo. Este não é uma democracia ontológica, e as hermenêuticas filosóficas da singularidade

---

28 Cai Werntgen, "Denken am Nullpunkt der Geschichte: Notizen zur Philosophie Peter Sloterdijks", 2009, p. 223.
29 O livro *Die nehmende Hand und die gebende Seite*, de 2010, é resultado da polêmica com Honneth em torno da obrigatoriedade do fisco e da doação voluntária.

são insuficientes até no campo psi. Cabe à filosofia não pensar apenas os espaços do acompanhamento microesferológico, mas o grande espaço do mundo globalizado. É preciso que surjam filósofos à altura das complexidades imensas do mundo contemporâneo. Esses filósofos aguardados por Sloterdijk são seres já curados tanto da deserção como do desejo de revolução.[30] Filósofos capazes de transitar por vários mundos e épocas e que possam compreender e dialogar com os verdadeiros revolucionários na revolução cronificada da atualidade: designers, consultores e arquitetos. Assim, a filosofia antropológica dos lugares – a esferologia sloterdijkiana – despede-se da rebeldia ingênua e do *páthos* da Teoria Crítica. Isso se deve fundamentalmente ao fato de que Sloterdijk parte da topofilia bachelardiana. Começar topofilicamente é começar da vida bem posicionada e do lugar alcançado. Como a instalação "de lugares para um estar-consigo logrado"[31] depende de encontros sintônicos com o aliado, o fenômeno da alienação não tem prioridade temporal nem lógica sobre o fenômeno do bom posicionamento.

---

30 Uma interessante discussão sobre o tema da revolução encontra-se em Peter Sloterdijk, *Essai d'intoxication volontaire*, 1999, pp. 57-67. Nessa entrevista, Sloterdijk recorda o ambiente revolucionário dos seus anos de formação na Alemanha. Em *O sol e a morte*, ele conta que "era um adepto mais ou menos típico da velha Escola de Frankfurt e da cena alternativa dos anos 70, tomava parte nesse complexo depressivo e agressivo que então se manifestava como esquerda" (p. 18). "Nessa época vivíamos na ilusão de que era fácil mudar o tom vital da sociedade ao abrigo de uma ética da amizade e da amabilidade. Era a época da ofensiva dos pequenos grupos sonhadores" (id., ibid., p. 17).
31 Peter Sloterdijk, *Esferas III: Espumas*, 2009, p. 408.

Nas palavras de Sloterdijk:

> O escândalo de uma teoria da consciência feliz em meio ao culto à infeliz se dilui enquanto se admite que uma teoria positiva da posição íntegra é toda uma dimensão mais rica que uma teoria crítica, que adquire forma como sintoma de um transtorno da capacidade de participação.[32]

É ao longo de *Esferas II*, ao reconstruir a história das formas de autoarredondamento e autoclimatização feitas por esses criadores de lugar que são os seres humanos, que Sloterdijk se depara com o momento em que surgem as experiências de alienação e distanciamento. De início, a experiência de estar contido em um interior, em uma magnitude uterotécnica e autoprotetiva, prescinde de muros e paredes. Inúmeros grupos criaram incubadoras sem paredes de solidariedade esférica. Os muros e as paredes surgem como magnitudes vivas que trabalham pela animação do espaço interior. Mas quando

> as paredes se tornam estranhas, monumentais, quando não sugerem nada, e sua coordenação com um espaço interior próprio já não é conseguida por todos, mas apenas por alguns privilegiados, então aparece a necessidade de distinguir os muros.[33]

Essa experiência acontece em relação tanto ao muro dos outros, dos inimigos, como aos intramuros, isto é, os muros no interior da própria cultura, como é o caso das grandes

---

32 Id., ibid.
33 Id., *Esferas II: Globos*, 2004, p. 198.

sociedades hierárquicas. Nesse contexto, alguns dos que estavam juntos dentro começam a experimentar um estranhamento em relação às "próprias paredes".[34] O envoltório antes animador e próprio desaparece, e a vida que se experimentava como viva e consigo mesma naquele interior passa a sentir-se num cárcere ou numa "cápsula estranha".[35] Ao não se sentir mais amparada e protegida, a vida começa a sonhar com uma evasão e articulará em esquemas gnósticos toda sua reserva "ante o ser no mundo".[36]

O sentimento de estranheza radical e de que a alma é uma exilada caída no cárcere do mundo é a equação gnóstica fundamental. A compreensão do mito gnóstico que diz dessa alma que anseia por algo "outro" é um capítulo importante na obra de Sloterdijk,[37] pois as "teses gnósticas" servem como chave hermenêutica para decifrar o *páthos* do par abandono-redenção presente em vários discursos filosóficos que não se apoiam no "*cantus firmus do Ser*".[38] É o caso da primeira geração da Teoria Crítica. Enquanto na gnose antiga há narrativas que contam desse ser-jogado e

---

34 Id., ibid.
35 Id., ibid., p. 200.
36 Id., ibid., p. 199.
37 Sloterdijk publicou com Thomas Macho *Weltrevolution der Seele: Ein Lese- und Arbeitsbuch zur Gnosis von der Spätantike bis zur Gegenwart* (1993). O livro contém "algo como uma dedução metafísica do 'princípio da esquerda' e, ironicamente, também uma pré-história da Escola de Frankfurt, uma linha fina e intrincada que vai de Alexandria ao Instituto de Investigação Social e passa pelo Auditório VI da Universidade Johann Wolfgang Goethe" (Peter Sloterdijk, *O sol e a morte*, op. cit., p. 26).
38 Peter Sloterdijk, *Sin salvación: tras las huellas de Heidegger*, 2011, p. 161.

de práticas ascéticas que reconduzem a alma à alegria e à liberação, a gnose moderna encarnada no pensamento de Adorno se contenta

> em confirmar constantemente o caráter lúgubre do cenário do mundo, no qual os aspectos da felicidade perdida e esperada só podem pintar-se de escuro. Ela pinta um quadro de grande austeridade [...] dominada pelos arcontes modernos, os malignos administradores do mundo sem vida: a abstração da troca, o despotismo, a frieza burguesa.[39]

Se estar no mundo equivale a estar num corredor polonês ou em um campo de concentração, então o verdadeiro só brilha no instante em que a individualidade escapa das garras da máquina do todo. Para Sloterdijk, Adorno repete *ad nauseam* o mantra gnóstico e põe todos seus "operadores lógicos" a serviço de uma "cena invariável".[40] O ferrão crítico da Teoria Crítica é apenas outro nome para o elemento messiânico.[41] Na Teoria Crítica, Jerusalém e Atenas entram num arranjo no qual a salvação se

---

39 Id., ibid., p. 159.
40 Id., ibid., p. 167.
41 Um dos exemplos que comprovam o elemento messiânico é a famosa passagem citada por Sloterdijk do último aforismo de *Minima moralia*. Cita-se aqui seu trecho inicial: "Da filosofia só cabe esperar, na presença do desespero, a tentativa de ver todas as coisas tal como se apresentam do ponto de vista da redenção. Não tem luz o conhecimento senão aquela que se irradia sobre o mundo a partir da redenção: tudo mais se esgota na reprodução e se limita a peça da técnica. Caberia construir perspectivas nas quais o mundo se ponha, alheado, com suas fendas e fissuras à mostra tal como alguma vez se exporá indigente e desfigurado à

torna capítulo da epistemologia. Enquanto teorias tradicionais fixam os indivíduos na grelha do universal, a teoria que se apresenta "como crítica pretende invalidar as identificações existentes e resgatar as coisas singulares das garras da razão registradora".[42]

O interessante é que nessa versão adorniana do *Ge-Stell* heideggeriano, o mundo criticado, o existente, ao invés de aparecer como algo cada vez mais mobilizado e desrealizado, aparece sempre descrito com imagens de solidez, petrificação e rigidez. Esse é um dos exemplos dados por Sloterdijk, que mostra que a Teoria Crítica envelheceu e que sua síntese particular de sociologia, messianismo e estética radicalizada já não serve mais como relógio epocal. Caducou a ideia do todo como fortaleza dura, a "jaula de ferro" weberiana de cujos tentáculos devemos salvar o individual, porque as formações modernas são elas próprias caóticas e intangíveis. Não há muito a ser quebrado quando se lida com estruturas

> disparatadas, como redes e espumas, com turbulências e derivas indeterminadas, com tentativas de ordenação cindidas por grandes forças centrípetas e em estado de crônica excitação devido aos riscos imanentes de sofrer catástrofe.[43]

Sloterdijk considera que, quando Adorno e Horkheimer adotavam o termo "o existente", mesmo para o mundo ten-

---

luz messiânica" (Theodor W. Adorno, *Minima moralia: reflexões a partir da vida lesada*, 2008, p. 245).
42 Peter Sloterdijk, *Sin salvación*, 2001, p. 157.
43 Id., ibid., p. 166.

dencialmente virtual e flexível, é porque usavam o idioma gnóstico e praticavam a "metafísica negativa como crítica do mundo": falavam mais como gnósticos redivivos do que "como sociólogos" e "homens do seu tempo".[44]

Essas breves considerações sobre a Teoria Crítica não podem deixar de lado que Sloterdijk só acertou seu relógio epocal ao longo do percurso e que ele próprio se utilizou do termo *crítica* e usou conceitos como o de alienação para referir-se a processos inquietantes (é importante lembrar que Sloterdijk começou sua vida intelectual imerso nas obras de Adorno e Bloch!). Um exemplo disso é o livro *A mobilização infinita*, de 1989, no qual Sloterdijk tenta ainda uma crítica da cinética política, o que representa uma tentativa de Teoria Crítica alternativa. Nessa obra, a modernidade é compreendida como um ser-para-o-movimento sem fim, o que equivale a um ser-para-a-aniquilação. Ele propõe então uma crítica da mobilização em termos de exercícios de desmobilização. A resposta à pergunta: "Há sequer para nós uma possibilidade de resultar das energias do sujeito alguma outra coisa que não seja aceleração, enriquecimento, pesquisa e aquisição de poder no mundo exterior?".[45] Responder positivamente a essa pergunta é estar implicado na diferença entre movimento para mais movimento e movimento autêntico. Como escapar da catástrofe mobilizadora? A alternativa metafísica, com suas receitas imobilistas e eternizantes, não oferecem antídotos contra a aceleração da cultura histórica em seu deslocamento

---

44 Id., ibid., p. 165.
45 Id., *A mobilização infinita: para uma crítica da cinética política*, 2002, p. 65.

de Titanic até o iceberg Tchernóbil, mesmo porque é a própria cinética da metafísica que se converte em cinética moderna. "A antiga metafísica, enquanto paixão pela imobilização e pela autoconcentração, é a acumulação originária da subjetividade que, na modernidade, se atira à frente como mobilização passional".[46]

Não é difícil imaginar que o diagnóstico da modernidade em termos cinéticos leva a um amigamento maior com a escola de Freiburg do que com a de Frankfurt, apesar do uso do termo "crítica". Para Sloterdijk, a teoria frankfurtiana não é desmobilizadora e o então autoproclamado "heideggeriano de esquerda" já antecipava as polêmicas futuras com Habermas e Honneth, tão previsíveis quanto às de Lukács com Nietzsche e de Adorno com Heidegger.[47]

Após a publicação do projeto *Esferas*, livros como *Ira e tempo* e *Du musst dein Leben ändern* [Deves transformar tua vida] ratificam o abandono sloterdijkiano da crítica em favor de uma teoria afirmativa da civilização e do pensamento imunológico. Quem segue Sloterdijk nesse caminho deve partir da concordância com o argumento exposto em *Esferas III* de que a modernidade tecnológica implica uma redefinição do conceito de realidade – a qual deve ser redescrita sem os traços duros do peso, da luta e da necessidade. Para o filósofo, é evidente que, na civilização avançada da abundância, os indivíduos estão mais descarregados e têm uma relação menos pesada

---

46 Id., ibid., p. 99.
47 Sobre tal questão remeto ao texto de Jean-Pierre Couture "A Public Intellectual", no qual se faz um "mapa das colisões intelectuais no céu da Alemanha", 2012, p. 103.

e mais facilitada com o real. Mesmo reconhecendo que dois terços da população mundial encontram-se excluídas das zonas mais abastadas da tecnosfera, o fato de predominar uma cultura da reivindicação prova que já não estamos numa Idade do Ferro, na qual a calamidade e a resignação constituem o traço decisivo. Se quem vive numa Era de Ferro sonha com uma Idade do Ouro e com uma restauração total, o habitante da Era de Prata, o reivindicador desejante, nota que a realidade não é o fardo só ultrapassável no heroísmo e na ascese radical, mas que ela é um plasma continuamente reformável, plástico e moldável. Aceita essa tese de Sloterdijk, o filósofo deixa de ser a figura sacerdotal que aponta para o caráter envenenado do mundo e para uma grande porta de saída, e transforma-se em agente que ajuda a explicar o quanto é vantajoso passar a viver numa Idade da Prata. Nesse novo contexto, trata-se mais de expandir as portas de entrada para o grande interior da estufa artificial. Entretanto, como a maioria das populações não se encontra sob o abrigo desse teto imunológico e sobrevive como pode "em meio às suas tradições e improvisações",[48] a crítica se universaliza na delação da miséria, mas sem mostrar como fazer para ultrapassá-la.

A impossibilidade de integrar todos os seres humanos em zonas de prosperidade crescente faz explodir as lutas de inveja. Se a era metafísica dos exercícios de elevação garantia o desinteresse dos seres humanos pelos objetos de seus ciúmes, com o despovoamento do céu e a quebra de um bem superior, o século XX assiste ao desenca-

---

48 Peter Sloterdijk, *Palácio de cristal: para uma teoria filosófica da globalização*, 2008, p. 209.

deamento da "universalização das lutas de ciúmes sem um nível superior",[49] transcendente. Essas lutas tendem a aumentar no século XXI, o que mostra que a pós-história[50] de Sloterdijk não tem nada a ver com a ideia de uma superação do conflito.

•

Em conferência realizada em São Paulo no dia 5 de outubro de 2016, Sloterdijk referiu-se à luta de titãs do século XXI como sendo aquela travada entre uma nova ética da humildade forçada e a continuação da elevação dos padrões de consumo. As questões metereológico-climáticas no interior da tecnosfera exigem uma nova contenção e desaceleração. De um lado, a exacerbação expansionista moderna, de outro, a contenção. Em que medida, perguntou o conferencista, a exigência de contenção poderá entusiasmar os jovens? Será que eles acolherão o imperativo para uma mudança de vida?

Eu estava sentado na plateia e quando Sloterdijk chegou nesse ponto de sua fala eu anotei no escuro uma pergunta sobre a tradução do contencioso titânico em termos da disputa entre o finitismo heideggeriano e o infinitismo hegeliano, tratada em uma passagem de *O sol e*

49 Peter Sloterdijk, *Esferas III: Espumas*, 2009, p. 314.
50 Pós-história significa apenas que já não há mais um coletivo maciço que acumule o capital de ira até o dia da revolução. Na época dos meios, a ira se dispersa em manifestações de dissidência amorfa. A análise da "internacional misantrópica" é um dos temas de *Ira e tempo*, publicado na Alemanha em 2006 e no Brasil em 2012.

a morte, na qual ele diz que tanto o neoliberalismo como a social-democracia são cúmplices das políticas de infinitude. Minha pergunta sobre o papel daquele finitismo para uma razão imunológica global desejava apenas conferir se a resposta bateria com minhas antecipações e se eu estava, portanto, escolado nas ideias daquele sobre quem eu estava prestes a defender uma tese. Mas tive de entregar o papel a uma moça antes mesmo de melhorar a redação da pergunta. Ela levou o papel até o mediador do evento e nesse momento senti uma queimação e uma dor que me conduziriam no dia seguinte a uma experiência *sui generis* no interior de uma ambulância e aos eventos narrados no capítulo 4 deste livro. O mediador passou os olhos nos papéis recebidos e decidiu ignorá-los, fazendo, ele próprio, uma pergunta sobre música, que Sloterdijk respondeu não sem antes frisar que não era um antropólogo da música. Ato contínuo, um professor de filosofia fez algumas observações sobre Hans Jonas e a conversão do imperativo categórico em imperativo ecológico. Antes que as pessoas terminassem de aplaudir o filósofo, eu me levantei e me dirigi cambaleando e apoiado em minha mulher até a fila de autógrafos, onde, munido de meu exemplar de *O estranhamento do mundo*, e de meu exemplar de *Filhos terríveis da modernidade*, eu iria, finalmente, agradecer ao pensador de Karlsruhe por ter, nos últimos seis anos, devolvido a minha inquietude perdida e me libertado do negativo e do culto ao extremo. E esse agradecimento seria respondido com um sorriso que eu gostaria de chamar de filosófico.

8
Refrões

Antes de dizer

No corpo insone se acumula o magma do acontecimento. E entre coágulos e tumores surge, às vezes, um poema.

Retrato do homem frágil na época moderna

I. Só existo no espaço do narcisismo originário. Preciso de babá para ir ao banco e nas madrugadas rezo para manter o meu poder de compra.

II. Só existo no canto da sereia que invento, mas ele me promete coisas impossíveis.

Totalitarismo da clarividência

I. Era um ser à flor da pele. Um ser virado do avesso. Seus olhos eram urnas verdes de silêncio e sua boca morava na terceira dimensão. Logo que nosso olhar se cruzou, fui lido e recolhido até a última víscera, e em menos de uma hora eu já tinha me convertido no longo poema que me exauriu.

II. O canto da sereia abandonou-me no castelo da pureza.

Ultrapassar a pureza

Conta-se que Jesus – não apenas quando sofria de desconfiança quanto ao seu protagonismo no autorrelato messiânico – costumava maltratar gatos na proximidade do deserto e que Judas Iscariotes, o grande traidor, teria doado suas moedas de ouro a um primo que também se dizia messias, mas que não tinha discípulos.

Desilusão

O artista pensava guardar o sagrado, mas o mundo moderno já havia arrastado tudo o que era intacto, inclusive o próprio artista, que agora quer tomar – ele também – algo para si. Se antes o homem sem lugar se considerava um doador de lugares, agora ele é simplesmente alguém a quem não foi dado lugar e que já não sabe se não passa de um louco sanguinário.

Transicionalidade interrompida

I. Ele era um monstro sanguinário, rebatizado numa estufa terapêutica de agente teológico profético, e que, devolvido enfim ao mundo, readquiriu a condição inicial de monstro por falta de sustentadores modernos de sua segunda identidade.

II. Como não pôde viver no mundo com a identidade soprada pelas narinas da sereia, teve de retornar à marionete da ordem.

Surto alético

No dia em que a malha vermelha pinicou a pele e corri suado rente ao cipreste – queria ter morrido ali! Embora só muitos anos depois eu tenha escutado que o âmbar é a resina dos pinheiros depositada no fundo do oceano, foi ali, enfiado na malha vermelha, que estremeci pela primeira vez ao olhar a gosma alaranjada num toco de lenha. Queria ter morrido ali, olhando para o chão. Queria ter morrido ali, na respiração do odor inédito, e, amparado pela obscuridade, teria poupado minha vida da infelicidade do conceito.

Quando seguia o canto

Na escuridão gelada de Helsinque, uma gaivota cruzou o céu e saudou minha cabeça, e no Chile vi um ramalhete de flores nascendo entre os trilhos do trem... Descobri, então, que viajar é aumentar o desconhecido, e um dia, atravessado por tantos lugares e povoado por tantos países, uma palavra surge, como uma gaivota, saindo do teu peito-portal.

Agente duplo

Acreditei que a angústia me concederia o olhar da lâmina, o fulgor do recém-nascido e o dizer do alheio sem nenhuma névoa, mas isso era a parte inocente do poema, pois a angústia me deu também a artéria enrijecida, o entupimento da carótida e o risco de morte súbita na calçada.

9
Nascer para dentro no mundo de hoje

Mas a raça dos profetas extinguiu-se.
ANTONIN ARTAUD

I. Na casa de poetas na era explicativa
Para Olga Bilenky e Narjara Medeiros

Como está no mundo de hoje aquele que mobilizou seu capital psicopatológico, transformou-o em literatura e aspirou a algum tipo de integração e de desimpedimento?[1] Afinal, não é verdade que quem vem de longe, quem vem de fora é um doutor em condição humana? Convenhamos, a operação de transvaloração era arrogante: ali onde estava o déficit, o aleijão, o erro e o homem vazio,

---

[1] Neste texto realiza-se também, tal como nos capítulos 1 e 4, contrabandos e apropriações não citadas dos livros *Du musst dein Leben ändern* [Deves transformar tua vida], *Esferas III* e *Palácio de cristal*, de Peter Sloterdijk.

brilharia um ser humano melhor, mais humano e mais aberto. Essa inversão do menos em mais dependia, entretanto, de eu ter conseguido convencer alguns contemporâneos a me escutar; alguns deles, ao menos, deviam me conceder o título de doutor em condição humana. Mas a verdade é que, durante quatro anos, falei do nada, do poema e da singularidade para uma plateia composta de um único aluno, enquanto a alguns quilômetros de minha casa um professor informava um grupo de setenta e tantos ouvintes sobre essas questões. Quantas vezes vi filósofos acadêmicos explicarem tim-tim por tim-tim algo que seus corpos desconheciam. Não se trata apenas de que estamos na era da informação e as pessoas preferem um especialista em Deus ao próprio Deus em pessoa, e um comentador de Nietzsche ou de Heidegger a alguém atravessado pela virtude e pelo pensamento – mas, o que é mais importante, acredito que experiências extremas ou limites já não interessam mais. Em termos estéticos, literários e filosóficos esgotou-se o extremismo das vanguardas. A autorreflexividade radical, as investigações do vazio e do disforme estavam consumadas em Pessoa, Gottfried Benn e muitos outros. Há muito tempo que conhecemos o limite, teorizamos sobre ele e, mediante técnicas, podemos até conceder forma aos disformes. Já estamos saturados da ladainha do extremo.

Eu me dei conta disso com clareza numa noite de verão, enquanto falava sobre a poeta Marina Tsvetáieva na casa de Hilda Hilst. Eu observei aos ali presentes que já não havia mais garotas como a Hilda, que mergulhassem a vida no parto de uma obra. Havia, isso sim, mergulhos parciais e quinzenais em residências artísticas em tempos de férias. Mas se Hilda Hilst se identificou diretamente com Joyce, assim como, em gerações anteriores, muitos jovens ainda se inspiravam e se entusiasmavam com a vida dos santos, hoje as pessoas como Hilda e Clarice vão fazer teses sobre Joyce, sobre Clarice e estudar Lacan e Derrida. O espírito analítico é vitorioso e, mesmo nas faculdades de Letras, os operadores teóricos são muito mais disputados que a literatura.

Foi mesmo naquela noite, enquanto discorria sobre a poética do serviço em Tsvetáieva e sobre a excentricidade dessa posição que me dei conta de que o meu próprio projeto de investir o capital psicopatológico legado pelas minhas gerações precedentes em uma obra de autoexposição era um projeto falido e superado. Notei que eu não havia recebido o título de doutor em condição humana em parte alguma a não ser no consultório de meu terapeuta e que eu não passava de um falante de segunda ordem com o prazo de validade expirado.

Além disso, notei que alguns artistas ali presentes, incluindo amigos de Hilda Hilst, acolhiam positivamente minha tese segundo a qual já não havia mais lugar para Hildas e que o ciclo das experiências radicais estava concluído. Observei então que meus próprios livros, cujas vendas anuais não pagavam sequer um mês de minhas refeições, já vinculavam a experiência, no limite da esquizofrenia, com a explicitação dela própria. Vale dizer que eu mesmo já colocava legendas explicativas e clínicas tomadas de Heidegger, Bataille e Lacan e que me apoiava em Nietzsche e em toda tradição do existencialismo dos perdedores para dizer o que eu dizia. Eu próprio era um falante de segunda ordem, alguém que só diz no final da fila e depois que muitos já falaram. Justamente eu, que me considerava um visceral, era também, e ao mesmo tempo, um papagaio explicativo. O interessante disso tudo é que acolhi minhas conclusões não como um peso, mas como uma liberação. Eu estava livre do limite, do *lógos* originário, do profetismo e da singularidade. Eu podia, finalmente, tentar ser um homem comum e buscar alguma coisa concreta no reino mais relevante das coisas normais e secundárias.

Mais interessante ainda foi uma coincidência: ao retornar para São Paulo, após a fala na Casa do Sol, me perdi pelas estradas e fui parar no município de Itapira. Um dia, muitos anos atrás, a dor havia me carregado para uma internação naquela cidade. Eu havia ficado ali por vinte dias, anotando coisas nos meus cadernos e fazendo amizade com seres que já morreram. Foi ali, durante a entrevista com um psiquiatra, que pude ler a sua anotação diagnóstica. Por causa da minha habilidade de ler as palavras ao contrário, da direita para a esquerda, em meus diários transcrevi o que ele havia escrito diante de mim. O paciente é esquizopata, histriônico, sensitivo, alcoolista de segundo grau e com mania de filosofia. Tem ainda identificação com o poeta Fernando Pessoa. Ao cruzar a cidade na noite enluarada, dei razão àquele homem e ao diagnóstico. Se eu não podia despedir-me inteiramente dos vazios pessoanos e tornar-me uma espécie de sanduíche com um recheio denso de mundo interior, podia, ao menos, tentar liberar-me da mania de filosofia, uma mania que havia me deixado só, tão só quanto no dia em que cheguei ao mundo.

II. Notícia sobre a leveza e o peso

Quem nasce para dentro no mundo de hoje nasce no ocaso da latência e encontra-se em permanente migração para fora dos seus nichos de proteção. Sair do abrigo na latência para o mundo explicitado, e tornado disponível, é surpreender-se em plena metamorfose da maneira de se estar no mundo. Se na era da latência os seres humanos são determinados pelas tubulações da transmissão tradicional, a partir da virada técnica – como os entes (qualquer coisa!) adentram o campo da explicitação crescente e se pode acessar a "caixa-preta" deles – posso, então, passar não só a desvendá-los, mas a construí-los e reconstruí-los. E são essas novas possibilidades que (in)determinam e passam a dominar, e não mais a transmissão tradicional. Robert Musil, um dos primeiros a tentar formular essa transição, escreveu:

> A cada momento o mundo poderia ser transformado em todos os sentidos ou, pelo menos, num sentido determinado [...]. Portanto seria original procedermos não como homens definidos num mundo definido [...], mas sim como homens nascidos para a transformação num mundo por transformar.[2]

E Musil pretendia pensar uma ética tributária da emergência da técnica e dos processos explicativos: a ética do homem-possibilidade. A tematização explicitadora de todas as regiões dos entes inaugura uma enorme quantidade de flexibilização e de possibilidades que não existiam nos mundos enraizados da latência. Dei alguns exemplos disso no segundo capítulo deste livro. Ao exemplo da intervenção em casos de autismo após a explicitação das relações entre mãe e bebê, muitos outros

---

2 Robert Musil, *O homem sem qualidades*, p. 335.

poderiam ser acrescentados. O avanço do processo explicativo no século XX conduz à luz não apenas a antropogênese e as mães, tornando possível protetizá-las e substituí-las, mas arranca à latência os confins do universo e da matéria viva. Se o domínio do sono possibilita dormir ou não mais dormir, a hibridização transgênica com algas, por exemplo, torna possível a existência de pessoas verdes ou rosas, autodesenhadas conforme a própria (in)determinação fenotípica ou mesmo de gênero. Todas essas são situações musilianas da transição da latência ao explicitado, pois o homem de Musil imaginava a "vida que lhe teria agradado [...] como uma vasta estação experimental onde se estudaria a melhor maneira de ser homem e descobririam outras novas".[3]

Se a maioria dos pensadores que tentou digerir a cesura técnica entre os anos 1920 e 1940 se assustou com o desenraizamento e experimentou a flexibilização como uma ameaça ao sentido da experiência de si mesmo, Musil não via na flexibilização uma psicotização nem um esvaziamento catastrófico. Tornar-se mais leve não é a mesma coisa que ficar vazio. Nem tudo em nós precisa ser próprio ou estar incorporado em forma de experiência. Em muitos âmbitos já estamos entregues ao imenso mapa do já explicado, e é dele que surgem as bulas para a ação. O nome disso é informação:

> Não se verificou já que as experiências vividas se desprenderam do homem? Passaram-se no palco, nos livros, nos relatórios dos laboratórios e das expedições científicas [...]. Quem ousaria pretender hoje que a sua cólera seja

3 Id., ibid., pp. 183-84.

verdadeiramente sua quando tanta gente lhe vem falar dela e a compartilha até numa medida maior que a dele?[4]

No mundo tornado mais leve se é desincumbido do trabalho de acolhimento e de interiorização da experiência. Por que recolher camadas e camadas de pesquisas e integrá-las ao meu contexto de vida, se posso, num toque, dispor de qualquer informação? Essa é a pergunta que o homem leve dirige ao cultivado.[5] E o fato de o primeiro ter menos repertório de experiência e mais acessos ao "museu platônico" da nuvem, da rede ou do "espírito objetivo consumado" não significa que ele não tenha interioridade ou que não saiba dizer quem é e de onde vem.

•

Já o homem vazio e sem interior, por não ter repertório narratológico e experiência de duração, teme a existência leve e rarefeita da sociedade de consumo. Ele busca experiências fortes e viscerais e a informação é muito dispersiva e exterior para um caçador de acontecimentos quentes. Quando tudo se converte em informação, como no caso dele, fica difícil ancorar-se nesse arbitrário que se torna obsoleto tão velozmente. Mais uma vez, tomo a mim mesmo como exemplo dessa situação, pois num diário que escrevi nos anos 1980 encontro a seguinte passagem:

---

4 Robert Musil, op. cit., p. 181.
5 Sobre essa passagem do "ego culto" ao "ego utente" ver Peter Sloterdijk, *Palácio de cristal*, 2008, p. 233. Quanto à leveza, ela é tema do último capítulo de *Esferas III*, do mesmo autor.

Eu sofri muito com a ideia de ser atual. Quando eu tinha 23 anos, meus amigos me armavam ciladas para que eu me considerasse velho e inatual. Ao ser flagrado fora da atualidade, eu era dado como morto e incapaz de qualquer vínculo com o mundo. Era um massacre: quanto mais cresciam meus anseios de não perder o mundo real e atual, mais se multiplicavam os signos que exibiam minha senilidade. E todos os horizontes da vida estavam contaminados por esse esquema. A coisa ia tão longe que qualquer revista em sala de espera de consultórios ou publicações nas quais se fazia a lista da moda, a lista do *in* e do *out* me enchiam de pavor. Tentava mudar de assento, mas as revistas me olhavam e me julgavam. Qualquer linha, numa banca de jornal, podia conter a proposição do meu banimento. Evitava olhar qualquer publicação. Eu dizia a mim mesmo: lança a tua cabeça para o céu, não olhe as pessoas. Mas o próprio céu e o sol já estavam contaminados e saturados da questão e eu não podia contemplá-los. Nem o céu era neutro. Em minha cabeça uma rádio ininterrupta perguntava: "Como é que você deve falar e conceber o céu?". É preciso que você possa dizê-lo, não o céu dos outros, mas o seu céu. É necessário que você diga o céu sem macaquear a metáfora de um antepassado e, ao mesmo tempo, sem perder o vínculo com o mundo real e atual. Sem dúvida era uma situação aporética: qual o céu hoje, o das equações de Einstein ou o do bordado das estrelas, dos furos que elas abrem na noite? A questão me perturbava e eu tinha medo de ser desrealizado pelos outros ou de cair num delírio autofundatório, que me deixaria isolado. E tudo era parte da minha questão. Insetos, carros, instituições e, principalmente, as pessoas eram velhas ou novas. Contemporâneas ou atrasadas. Algumas sabiam se comportar de acordo com a marcha do mundo e outras haviam perdido a medida do comportamento justo. Esse era o critério da minha opressão. Se o mundo passasse por mim sem que eu decifrasse qual o seu modo, quais as suas formas e, consequentemente, quais as demandas para um habitante seu, eu me converteria numa carta fora do baralho e, por outro lado, estaria vivo e integrado. Li muitos tomos de filosofia e literatura com o propósito de decifrar a essência do mundo contemporâneo e arrancar deles alguma ética e modo de ser adequados. Era preciso adentrar o mundo de um jeito correto.

Minhas pesquisas, porém – o homem aleatório, o homem possibilidade, o homem realidade, o homem máquina, o homem indeterminado e o determinado, o além-homem, o pastor do ser e o homem Tao, o não-humano e o homem impossível etc. –, só me enchiam de assombro e dúvida. Com qual personagem ia vestir-me para ingressar no palco da história? Como nascer para o mundo me autodesenhando?

•

Foi fácil substituir essa ânsia de preenchimento sempre abortada e o fracasso da autocriação por uma reconciliação com o vazio e com a ausência. Ao tomar Heidegger e Dostoiévski como chefia ressoante, eu apostava que o esvaziamento da experiência e o desenraizamento tecnológico poderiam conduzir a um salto para a indigência positiva do poema, isto é, do extremo vazio na indigência negativa, uma migração para uma dimensão salvadora. Se eu não tinha tido sucesso na fábrica do eu, melhor assim. O vazio do não-eu e o sem lugar eram filosófica e teologicamente superiores. E eu nem precisava de exercícios espirituais ou metanoias para respirar o ar da nadidade e me tornar um locutor do ser.

Devo acrescentar que eu não teria sustentado toda essa conversão sem a presença de um aliado, um acompanhante sonoro ou mãe substituta. Ele era uma sereia especializada em canções personalíssimas. Sob o ritmo de sua música inebriante, acreditei-me um ser especial, um verdadeiro mestre Eckhart tropical. Como eu não tinha competências mundanas, e não servia para nada, a equação era fácil: eu só podia servir ao sagrado e ao poema. Estava dado também o programa de dessecularização para o fim da modernidade: eu nascia para o mundo moderno como seu inimigo radical e como anunciador profético de mundos redimidos. Nascia para o interior da tecnosfera e – para mim, assim como para meus pais cristãos, Heidegger e Dostoiévski –, isso significava adentrar um presídio que precisava ser arrebentado. O que era a tecnosfera senão um interior no qual tudo estava decidido e a existência dominada vivia na despossessão de si?

Eu trabalhava, então, na incitação à finitude e, supondo que para os outros o nada fosse tão acessível e acessável como para mim, acreditava deslocá-los para uma nova relação com o exterior e o monstruoso. Eu pregava por toda parte e seguia as instruções do místico punk Martin Heidegger.

Abaixo o ôntico, viva o ontológico! As indicações heideggerianas para escapar do tédio pós-histórico e abrir novas lufadas historicizantes coincidiam com as instruções russas para escapar da platitude no interior da imanência palaciana. Não há grande diferença entre um pastor do ser e um idiota russo no sentido dostoievskiano. Isso significa que o Palácio de Cristal e o anticristo dos russos equivalem ao niilismo e ao fim da história de Nietzsche e Heidegger. Em ambos os casos, trata-se do mesmo pavor diante da globalidade consumada e do patamar de saturação civilizacional que permite apenas intensificação e otimização mas proíbe a irrupção do elemento histórico. Quando Dostoiévski visitou Londres, em 1862, seu esôfago congelou diante daquele edifício de uma Exposição Universal. Ele notou que na sua forma fechada, no seu caráter de estufa artificial, revelava-se todo o segredo da platitude da pós--história. Doravante, sentiu Dostoiévski, a totalidade da vida social não se daria mais ao ar livre, mas no interior de um habitáculo protetor.

É óbvio que eu, na condição de Dostoiévski mirim e de ser-do-evento, só podia dar sequência ao afeto angustiado de que no interior da estufa já não houvesse mais acontecimentos quentes, mas apenas notícias historiológicas. Eu vivia já no advento do homem sem medidas, como um dizente de primeiro grau sob o mimo e o aplauso constante da sereia benévola. Ela me dizia: "Abra a sua casa e muitos irão ao seu encontro"; "Eu, no seu lugar, não me preocuparia com dinheiro. O mundo vai precisar de você". Eu perguntava: "Mas você não acha que devo estudar e fazer teses?". E ela respondia: "Não, é a universidade que vai precisar de você. Não precisa estudar, tudo brota". As promessas eram tão intensas e as garantias tão maciças que eu, seduzido, não percebia que cavava minha cova. Provavelmente, o amigo-sereia era tão fascinado com a singularidade que não conseguia compreender a dinâmica do mundo. Para ele, é como se o mundo não existisse ou, na hipótese de existir, seria sempre favorável ao pipocar da singularidade. Entretanto, nascer para o interior do mundo moderno como profeta e dizente do originário equivale a nascer para alguma coisa sem lugar e sem transição. Mesmo sendo a modernidade uma pluralidade e uma multiplicidade de células-mundo nas quais os humanos encontram lugar, e havendo mesmo inúmeros reais e milhares de tipos de espumas constituídas micromaníaca, microdelirante e micro-histericamente, eu, na condição de profeta e de pastor do ser, não encontrei clube algum para dar continuidade ao repertório formado com a sereia. Com o tempo notei que eu era uma espécie de Gisele Bündchen aos olhos do amigo cantante, mas que uma tal Gisele não ganhava nenhum concurso de miss em escola nenhuma. Eu nasci assim para algo que não existia. Em termos esferológicos, não havia como seguir adiante com aquilo que meu aliado via em mim. Eu tinha nascido lutador de sumô na África do século IV.

A cada dia, ficava mais claro para mim que eu, na condição de mensageiro de um outro começo da história, estava apenas delirando. O homem moderno sempre preferirá a satisfação com o ente e os mimos do bem-estar decorrentes da explicitação e da objetivação desses mesmos entes ao chamado da grandeza do ser. Percebi que não haveria uma convalescença da dispersão no ente e que eu estava levando a sério demais um assunto meramente acadêmico. Na medida em que o canto e as promessas da sereia não se cumpriam, e eu próprio já nem entendia mais o que era resistir ao mundo da leveza e da informação, mais eu queria integrar-me a esse próprio mundo. Eu já não via problema algum na existência leve e não queria mais encontrar nenhum antídoto para ela.

A cura para a dispersão e a falta de recolhimento não é a situação-limite e a comoção do negativo. Basta ter um pequeno eu e alguma forma para estar imunizado contra a dispersão.

Demorou muito até eu escapar da sedução da musa. Passei quase uma década dormindo na barca do reconhecimento ao som das canções do "eu sou" e brincando nos castelos de Neverland. Um dia, quando a sereia me disse – "Deus vai cuidar de você. Ele cuida de quem é da fronteira" –, eu me assustei e percebi que era o filho ateu de uma mãe beata. Pela segunda vez, havia me tornado o sonho de valsa e a extensão de outra pessoa. Desde aquele dia, fujo e invoco César e Judas contra Cristo e Heidegger e Adam Smith contra Dostoiévski e Nietzsche.

Minha sorte foi o mundo não ter confirmado o olhar da musa redentora. Se meus pés fossem massageados enquanto eu revelasse a verdade e o ponto nevrálgico das pessoas, ou se minha casa estivesse cheia de pagantes de grupos de estudo para escutar as palavras essenciais, provavelmente eu teria ficado detido na veste do profeta nadificado. Mas o esquecimento do ente cobrou caro a paixão e a loucura do ser. O mundo não se singularizou junto comigo. Era necessário ter desenvolvido unhas grossas para cavar um lugar. O universo, à revelia da opinião do místico, não é benévolo nem acolhedor. No meu caso, é óbvio que após tantos anos em Neverland, resgatando singularidades das garras do *Ge-stell*, não consegui dar conta de minha existência material e, com o fim da herança deixada pela minha mãe, passei a dividir um táxi com o meu cunhado. Minhas corridas são de tarde e também aos domingos e ali, de olho fixo no taxímetro, lembro-me do motorista de trinta anos atrás. Recordo-me do condutor embriagado que proferia a sentença singular dos seres, o taxista sufi do carpete voador que sem trocas monetárias declarava o domicílio dos homens. (E o mundo era apenas uma ilusão diante da força daquele domicílio.) Esse antigo taxista deu lugar agora ao motorista ôntico hipnotizado pelo taxímetro enquanto a cabeça calcula o grau de acesso às coisas que o dinheiro compra. É interessante como a vida deslocou-me da posição de mensageiro da redenção para a de homem comum aflito. Ali, no carro, enquanto dirijo, mesmo quando estou cansado e com o estômago dolorido pelo excesso de remédios para o sangue, penso que, felizmente, liberei-me dos delírios religiosos, delírios encantatórios que haviam vestido minha amorfia insana com uma forma superdeterminada. É sentado no táxi que me lembro do anarca, do libertário e do utópico que dizia ser o mundo uma prisão. Eu me lembro dele agora como se lembrasse de um garoto tolo e enganado e, nessas horas, gosto de acelerar o carro e seguir adiante com o rosto cheio de vergonha.

É nesses momentos, enquanto acelero, que percebo com toda nitidez que a introdução de uma prótese em uma de minhas artérias, junto com o pacote de medicamentos que a acompanham, bastaram para que eu fosse retirado do território filosófico do umbral e me convertesse em um chofer somático-social. Um *stent* mundificou-me a ponto de eu já não mais compreender as rondas exaltadas do passado. Tudo desaguou nesta luta para pagar os custos da saúde e tentar diminuir os efeitos colaterais que reduziram a qualidade de vida deste recém-chegado às zonas de acessos e praças de alimentação do último homem.

[A segunda parte deste texto é derivada de uma exposição mais geral sobre o tema da experiência em Walter Benjamin e Robert Musil, realizada em São Paulo na Casa Guilherme de Almeida como parte da programação do Curso Livre de Preparação do Escritor (Clipe), da Casa das Rosas, em maio de 2017. Sobre o mesmo assunto, publiquei em coautoria com Luciana Araujo Marques o ensaio "Musil e Benjamin: a ética do homem sem qualidades e o empobrecimento da experiência", *Cadernos Benjaminianos*, Belo Horizonte, n. 11, 2016, pp. 2-15.]

Posfácio

Postfacio

As coisas que estão no mundo

Cláudia Maria de Vasconcellos[1]

Como soletrar a dignidade dos homens identificados com o mundo e que não conhecem a experiência de ser ruptura e desmoronamento permanente?
JULIANO GARCIA PESSANHA

Neste livro, reconhecemos imediatamente a vocação para o hibridismo de gêneros já praticado nas outras obras de Juliano Garcia Pessanha. Reconhecemos inclusive a potência linguística que, na contramão de modos acadêmicos, jornalísticos e literariamente econômicos, soletra palavras como abraço, cuidado e encantamento, sustentando sua ressonância lírico-filosófica, a despeito de enunciá-las no mundo do falatório, do desgaste verbal, da domesticação midiática dos discursos. E, no en-

---

[1] Graduada em filosofia pela Universidade de São Paulo (1992), com mestrado em filosofia (1998) e doutorado em teoria literária (2009) pela mesma universidade, Cláudia Maria de Vasconcellos (São Paulo, 1966) é pesquisadora da obra de Samuel Beckett, escritora e professora de dramaturgia e teoria literária.

tanto, ainda que se detecte o estilo das obras pregressas, e, sobretudo, ainda que o autor dê seguimento ao modo topológico de filosofar – iniciado com *Instabilidade perpétua* –, o presente *Recusa do não-lugar* vigora como ruptura radical.

Para entender a mutação, talvez contribua verificar como ela se processa nos próprios termos da topologia.[2]

O panorama que o pensamento topológico figura compõe-se de um limiar entre duas posições. Por exemplo, entre uma estação e um trem, ou entre algo chamado buraco negro e algo chamado buraco branco, ou entre um fora e um dentro. Trem, buraco branco e dentro são compreendidos como lugar do instituído e do identitário, lócus de blindagens antiepifânicas e antiestranhamento. Estação, buraco negro e fora, ao contrário, delimitam o domínio abismal, do desabrigo e espanto perpétuos.

Sobre esse terreno binário pode-se investigar a posição dos agentes – escritores, filósofos, psicanalistas, pacientes etc. – e assim avaliar seu estatuto ontológico. Kafka, segundo Pessanha, residente do buraco negro, encontra-se fora do trem, mas a contragosto, pois, se soubesse como, subiria no comboio e, misturado aos outros passageiros, trataria de encontrar seu lugar no buraco branco. Fernando Pessoa, profundamente afundado no buraco negro, nem se encontra na estação, e rumina sobre a inutilidade de viagens para lugar nenhum. Scott Fitzgerald, imagino, estaria no buraco branco, dentro do trem, provavelmente no vagão-bar, tomando champanhe.

---

2   Faço aqui a esquematização de um pensamento que é muito mais complexo e nuançado, justificada pela necessidade de sintetizar em um passo para trás, dando impulso para o salto na novidade.

O terreno binário não apenas fixa uma posição para um agente, mas permite àquele que o contempla valorá-la. Como se trata de uma ontotopologia, o fator que norteia a avaliação do lócus é, em última instância, sua condição de preservar a humanidade do ser humano. Em viés heideggeriano, valoriza-se o estar fora dos domínios da metafísica e do mundo técnico, no limiar do abismo e suspenso perenemente numa espécie de susto, que não permite a estabilização de um eu, mas a constante evocação do ser. Em viés adorniano, ou crítico, desvaloriza-se o mundo do dentro, burguesamente frio, mundo administrado, onde grassa a razão instrumental.

Isso posto, poderíamos perguntar sobre o lado do entre em que se situa nosso autor e como ele atua aí. No entanto, nesse caso, falsearíamos a realidade do deslocamento, esquecendo a potencial locomobilidade dos agentes. Scott Fitzgerald, ainda que homem do dentro, no fim da vida é lançado para fora de seu mundo. O ensaio "The Crack-Up", escrito quatro anos antes de sua morte, inicia com estas palavras: *"Of course all life is a process of breaking down..."*.[3]

A obra de Juliano Garcia Pessanha é testemunho de um trânsito contrário ao de Scott Fitzgerald. Tem como ponto inicial o fora – com variadas maneiras de sofrê-lo –, gradual inclinação para o dentro e posterior aquisição da senha para a entrada no trem. *Recusa do não-lugar* relata justamente o percurso para a aquisição da senha. Do mesmo modo que se encontram aliados no buraco negro, os quais por meio de suas obras filosóficas e literárias

---

[3] F. Scott Fitzgerald, *The Crack-Up with other Pieces and Stories*. Nova York: Penguin, s/d, p. 69.

conferem nobreza a essa posição, podem-se encontrar aliados para o dentro, ou buraco branco.

Em um primeiro momento, foram sobretudo Nietzsche, Kafka e Heidegger que dignificaram para o autor a desconfiança do mundo instituído e o estranhamento daquilo que se apresenta aí. A senha para o dentro, contudo, foi doada pelo filósofo Peter Sloterdijk, cuja obra é também testemunho de deslocamento fora-dentro e se constrói essencialmente como continuação e reorientação do pensamento de Martin Heidegger.

Se Pessanha pôde ler Nietzsche dionisianamente, ou seja, a partir da própria ferida; se com Heidegger e Maurice Blanchot pôde sentir-se em missão "alético-poemática", uma vez que ao nascido para fora só restaria cantar o ser; se vivenciou encontros verdadeiros e viscerais com esses pensadores, paradoxalmente não detectou em suas obras, votadas ao exílio e ao desastre, nem o vocabulário nem a gramática para criar comunidade e alianças no mundo.

Entendo a guinada sloterdijkiana de Juliano Garcia Pessanha – surpreendente ruptura com seu pensamento pregresso – como um deslocamento da esfera ontológica para a política.

Sloterdijk põe Heidegger de cabeça para baixo quando inclui em seu discurso filosófico, e de modo basal, o fato do nascimento humano. Essa manobra fundamenta sua obra-prima, a trilogia *Esferas*, e permite um reposicionamento político com a aceitação do mundo instituído.

Antes de Sloterdijk, Hannah Arendt já confrontara o mestre da Floresta Negra, substituindo seu movente filosófico central – a mortalidade humana – por este, colhido por ela em Santo Agostinho, a natalidade. A natalidade – "princípio criativo da novidade, do imprevisível e da espontaneidade"–⁴ é o cerne da teoria política de Arendt. Perante ela os humanos devem obrigatoriamente se posicionar, ou seja, responsabilizar-se. Diante do fato da natalidade, somos convocados não apenas a responsabilizarmo-nos pelos recém-chegados, mas também pela continuidade do mundo. Devemos proteger a criança para que o mundo não a destrua, devemos proteger o mundo do assédio do novo.[5]

Mas, se em Arendt a natalidade implica uma ética da responsabilidade, a qual viabiliza a política, em Sloterdijk é o modo como se constela cada nascimento o que contribui para o pensamento político. Aquele que sai da proteção uterina para o abraço aliado nasce em consonância com um outro, cria uma primeira comunidade e entra no mundo em estado de confiança.

Freud proveu a filosofia do século xx com um modelo antropológico que investiga o ser humano com base na relação sujeito-objeto e o pensa desde o início como indivíduo. Sloterdijk, no entanto, empresta seu modelo de Donald W. Winnicott.

A assimilação de um novo paradigma provoca mudanças importantes. Pessanha destaca a instauração de um self positivo, o si-mesmo gestado na intimidade, inicialmente dividual, consubjetivo, que se cria na mesma medida em que é criado por quem o cria. Esse aspecto inicial dual e inventivo do si-mesmo desmente a narrativa do nascimento como alienação e submissão ao instituído, e

---

4   Pablo Bagedelli, "Natalidade", in B. Porcel & L. Martín, *Vocabulario Arendt*. Rosario: Homo Sapiens Ediciones, 2016, p. 115.
5   Hannah Arendt, "A crise na educação", in *Entre o passado e o futuro*, trad. Mauro W. Barbosa. São Paulo: Perspectiva, 2007, p. 235.

responde, pelo contrário, por alguém que, estofado por uma interioridade, pode sustentar relações humanas fortes e enraizar-se criativamente no mundo.

A obra *Esferas* ilumina o pensamento político a partir do nascimento, ao investigar historicamente modos de imunização contra a exterioridade pura. Essas construções protetoras espelham a aliança natal bem-sucedida e concretizam-se culturalmente em vários modelos receptaculares que vão da cabana, passam pelo universo metafísico esferológico, chegando, por exemplo, no micromundo autônomo que é uma estação espacial.

O autor explica que pensadores do século XX – por exemplo, Heidegger, Bataille, Lacan – privilegiaram os selfs negativos, "como modo de ultrapassar a herança da filosofia moderna", e tomaram como diapasão do humano tipos de exceção como Kafka. A esses homens nascidos para fora, sem eu, restaria cantar o ser e renovar a cada olhar o espanto com aquilo que os confronta. Esse motivo, imagino, propicia poderem se tornar admiráveis poetas, revelando aspectos da realidade velados àqueles mais amigados do mundo. Para continuarmos com Kafka, vale lembrar que sua obra antecipa na ficção a arbitrariedade do poder e a consequente violência tornadas realidade, décadas mais tarde, nos regimes totalitários.

Os pastores do ser, contudo, são, segundo Sloterdijk e Pessanha, frutos do desencontro humano. A falta de um eu é também motivo de sofrimento, adoecimento e, no registro social, explicaria os jovens que buscam fabricar seu eu seja como Kens e Barbies humanos, seja como fizeram os jovens seguidores entusiastas de Hitler.

Recusa do não-lugar alia o pensamento esferológico de Sloterdijk ao topológico de Juliano Garcia Pessanha e torna-se nas mãos do leitor um potente instrumento de reflexão. Recusar o não-lugar não garante um lócus permanente no dentro, pois estamos sujeitos às pequenas e grandes tragédias da vida humana – a perda de um ente querido, o exílio, a falta de dinheiro etc. –, bem como à instabilidade constitutiva do mundo contemporâneo; tal recusa, contudo, acena para inúmeras possibilidades de pacto com o presente, feitas de alianças e confiança. O presente livro nos ensina um gesto menos extremista – porque não é utópico – e nada conformista – porque é sempre criativo. Um gesto, enfim, belo e mais difícil de executar.

Enfim, arrisco uma resposta à pergunta que usei de epígrafe a este comentário: como conferir dignidade aos homens que entraram no trem e que permanecem nele? Cantando, por exemplo, como fez Paulinho da Viola, seus pequenos feitos, seu modo de criar comunidade e de enfrentar nosso drama, tragédia e comédia cotidianos. Penso especificamente em um samba chamado "Coisas do mundo, minha nega",[6] em que um personagem – talvez o próprio sambista – volta para a amada, depois da roda de samba, e em seu caminho encontra um bêbado, um doente sem dinheiro e um corpo rodeado de velas. Para os dois primeiros canta um samba, depois de ouvi--los com afeição; ao morto responde com silêncio respeitoso; e chega à amada buscando entender, no conforto e na redenção de seu abraço, o significado da vida. Ele não recusa o mundo, constata, contudo, que é complexo. Como diz (ou canta): "As coisas estão no mundo, só que eu preciso aprender".

6   Paulinho da Viola, "Coisas do mundo, minha nega" in *Paulinho da Viola*, 1968.

Referências bibliográficas

ADORNO, Theodor W. *Minima moralia: reflexões a partir da vida lesada* [1951], trad. Gabriel Cohn. Rio de Janeiro: Azougue, 2008.

ANDRESEN, Sophia de Mello Breyner. *Antologia: Mar*. Lisboa: Caminho, 2001.

ARENDT, Hannah. *Homens em tempos sombrios* [1968], trad. Denise Bottmann. São Paulo: Companhia das Letras, 1987.

___. *Entre o passado e o futuro* [1961]. 7ª ed., trad. Mauro W. Barbosa e outros. São Paulo: Perspectiva, 2014.

ARTAUD, Antonin. *Os escritos de Antonin Artaud*, trad. Cláudio Willer. Porto Alegre: L&PM, 1983.

BACHELARD, Gaston. *A poética do espaço* [1957], trad. de Antônio de Pádua Danesi. São Paulo: Martins Fontes, 2012.

BADIOU, Alain. *A aventura da filosofia francesa do século XX* [2012], trad. Antônio Teixeira e Gilson Iannini. Belo Horizonte: Autêntica, 2015.

BAGEDELLI, Pablo. "Natalidade", in B. Porcel e L. Martín, *Vocabulario Arendt*. Rosario: Homo Sapiens Ediciones, 2016.

BATAILLE, Georges. *A experiência interior* [1943], trad. Celso Libânio Coutinho, Magali Montagné e Antonio Ceschin. São Paulo: Ática, 1992.

BENJAMIN, Walter. *Magia e técnica, arte e política: ensaios sobre literatura e história da cultura*, trad. Sérgio Paulo Rouanet. São Paulo: Brasiliense, 2012. (Obras Escolhidas I.)

BLANCHOT, Maurice. *L'Espace littéraire* [1955]. Paris: Gallimard, 1988.

___. *O livro por vir* [1959], trad. Leyla Perrone-Moisés. São Paulo: Martins Fontes, 2005.

BOLZ, Norbert. "Sein und Raum", in Marc Jongen; Sjoerd van Tuinen; Koenraad Hemelsoet (org.). *Die Vermessung des Ungeheuren*. München: Wilhelm Fink, 2009.

CASTELLO BRANCO, Lúcia. *Os absolutamente sós: Llansol – a letra – Lacan*. Belo Horizonte: Autêntica, 2000.

___. *Chão de letras: As literaturas e a experiência da escrita*. Belo Horizonte: UFMG, 2011.

CHIEPPE, Márcia. *Lume do dia*. Rio de Janeiro: Calibán, 2009.

CLAESSENS, Dieter. *Das Konkrete und das Abstrakte: Soziologische Skizzen zur Anthropologie*. Frankfurt: Suhrkamp, 1980.

CORDUA, Carla. *Sloterdijk y Heidegger: la recepción filosófica*. Santiago de Chile: Universidad Diego Portales, 2008.

COUTURE, Jean-Pierre. "A Public Intellectual", in Stuart Elden (org.), *Sloterdijk Now*. Cambridge: Polity, 2012.

CRARY, Jonathan. *24/7: capitalismo tardio e os fins do sono*, trad. Joaquim Toledo Jr. São Paulo: Ubu, 2016.

DELEUZE, Gilles. *Conversações* [1990], trad. Peter Pál Pelbart. São Paulo: Editora 34, 1992.

___. *Crítica e clínica* [1993], trad. Peter Pál Pelbart. São Paulo: Editora 34, 1997.

DIAS, Elsa Oliveira. *A teoria do amadurecimento de D. W. Winnicott*. Rio de Janeiro: Imago, 2003.

DOSTOIÉVSKI, Fiodor. *Notas do subterrâneo* [1864], trad. Moacir Werneck de Castro. Rio de Janeiro: Civilização Brasileira, 1986.

EVDOKIMOV, Paul. *L'Amour fou de Dieu*. Paris: Éditions du Seuil, 1973.

FITZGERALD, F. Scott. *The Crack-up with Other Pieces and Stories*. New York: New Directions, 1945.

FOUCAULT, Michel. *A hermenêutica do sujeito* [1981], trad. Márcio Alves da Fonseca & Salma Tannus Muchail. São Paulo: Martins Fontes, 2014.

GUMBRECHT, Hans Ulrich. "In der Welt sein und auf der Bühne stehen: Die intellektuelle Physiognomie von Peter Sloterdijk", in Marc Jongen; Sjoerd van Tuinen; Koenraad Hemelsoet (org.), *Die Vermessung des Ungeheuren*. München: Wilhelm Fink, 2009.

GUNTRIP, Harry. "Minha experiência de análise com Fairbairn e Winnicott" [1975], trad. Miguel A. de Mello Silva. *Natureza Humana*, v. 8, n. 2, pp. 383-411, jul.-dez., 2006.

HAAR, Michel. *Heidegger e a essência do homem* [1990]. Lisboa: Instituto Piaget, s. d.

HADOT, Pierre. *Exercícios espirituais e filosofia antiga* [1972], trad. Flávio Fontenelle Loque & Loraine Oliveira. São Paulo: É Realizações, 2014.

___. *A filosofia como maneira de viver* [2001], trad. Lara Christina de Malimpensa. São Paulo: É Realizações, 2016.

HEIDEGGER, Martin. "Que é metafísica?" [1929], in *Heidegger*, trad. Ernildo Stein. São Paulo: Abril Cultural, 1979. (Coleção Os Pensadores.)
___. "Carta sobre o humanismo" [1947], in *Heidegger*, trad. Ernildo Stein. São Paulo: Abril Cultural, 1979. (Coleção Os Pensadores.)
___. "Tempo e ser" [1969], in *Heidegger*, trad. Ernildo Stein. São Paulo: Abril Cultural, 1979. (Coleção Os Pensadores.)
___. *History of the Concept of Time: prolegomena* [1979], trad. Theodore Kisiel. Indianapolis: Indiana University Press/Midland Book, 1992.
___. *Os conceitos fundamentais da metafísica: mundo, finitude, solidão* [1983], trad. Marco Antonio Casanova. Rio de Janeiro: Forense Universitária, 2003.
___. *Aportes a la filosofia: acerca del evento* [1989]. Buenos Aires: Biblos: Biblioteca Internacional Heidegger, 2003.
___. *Ser e tempo* [1927]. 8ª ed., trad. de Márcia Sá Cavalcante Schuback. Petrópolis: Vozes, 2006.
___. *Introdução à filosofia* [1996], trad. de Marco Antonio Casanova. São Paulo: Martins Fontes, 2008.
___. *Contribuições à filosofia: do acontecimento apropriador* [1989], trad. de Marco Antonio Casanova. Rio de Janeiro: Via Vérita, 2015.

HOMEM, Maria Lucia. *No limiar do silêncio da letra: traços da autoria em Clarice Lispector*. São Paulo: Edusp/Boitempo Editorial, 2012.

HONNETH, Axel. *Luta por reconhecimento: a gramática moral dos conflitos sociais* [1992]. 2ª ed, trad. Luiz Repa. São Paulo: Editora 34, 2011.

JAPPE, Anselm. *As aventuras da mercadoria: para*

uma nova crítica do valor [2003], 2ª ed., trad. José Miranda Justo. Lisboa: Antígona, 2013.

KAFKA, Franz. *Contemplação e O foguista* [1913], trad. Modesto Carone. São Paulo: Brasiliense, 1991.

KATE, Laurens ten. "Zwischen Immunität und Unendlichkeit: Der Ort in Peter Sloterdijks Sphärologie im Hinblick auf seine philosophische Analyse des christlichen Erbes", in Marc Jongen; Sjoerd van Tuinen; Koenraad Hemelsoet (orgs.). *Die Vermessung des Ungeheuren.* München: Wilhelm Fink, 2009.

KHAN, M. Masud R. *Quando a primavera chegar: despertares em psicanálise clínica* [1988]. São Paulo: Escuta, 1991.

LACAN, Jacques. *O seminário. Livro 3. As psicoses (1955-1956)*, trad. Aluísio Menezes. Rio de Janeiro: Jorge Zahar, 1988.

LEVINAS, Emmanuel. *Totalité et infini: essai sur l'extériorité* [1961]. Paris: Librairie Générale Française, 2006.

___. *Totalidade e infinito* [1961], trad. José Pinto Ribeiro. Lisboa: Edições 70, 2008.

LITTLE, Margaret. *Ansiedades psicóticas e prevenção: registro pessoal de uma análise com Winnicott* [1977], trad. Maria Clara de Biase Fernandes. Rio de Janeiro: Imago, 1992.

LOPARIC, Zeljko. "Winnicott: uma psicanálise não--edipiana". *Percurso*, ano IX, n. 17, pp. 41-47, 1997.

MADUENHO, Alexandre. "Transicionalidade, simbolização e transferência: processos de cura e amadurecimento no acompanhamento terapêutico". *Cadernos HabitAT*, "Transferências", n. 1, v. 2, pp. 31-53, 2012.

MARQUES, José Oscar de A. "Sobre as *Regras para o parque humano* de Sloterdijk". *Natureza Humana*, v. IV, n. 2, 2002, pp. 363-381.

MUSIL, Robert. *O homem sem qualidades* [1930]. v. I, II e II, trad. Mário Braga. Lisboa: Livros do Brasil, s.d. (Coleção Dois Mundos.)

NIETZSCHE, Friedrich. *Assim falou Zaratustra* [1883–85], trad. Paulo César de Souza. São Paulo: Companhia das Letras, 2011.

NUNES, Benedito. *Passagem para o poético: filosofia e poesia em Heidegger*. São Paulo: Loyola, 2012.

PESSANHA, Juliano Garcia. *Sabedoria do nunca*. São Paulo: Ateliê Editorial, 1999.

___. *Ignorância do sempre*. São Paulo: Ateliê Editorial, 2000.

___. *Certeza do agora*. São Paulo: Ateliê Editorial, 2002.

___. *Instabilidade perpétua*. São Paulo: Ateliê Editorial, 2009.

___. "Como fracassar em literatura", in *Pausa*, Belo Horizonte, n. 100, 2013.

___. "O gesto repetido de Nietzsche e o tema da repetição", in Dominique Fingerman (org.), *Os paradoxos da repetição*. São Paulo: Annablume, 2014.

___. "O gesto repetido de Nietzsche e o tema da repetição", in *Natureza Humana*, v. 16, n. 1, 2014.

___. *Testemunho transiente*. São Paulo: Cosac Naify, 2015.

___. "Declínio da arte e apresentação de figuras extremas", in Francisco Bosco, Eduardo Socha e Josélia Aguiar (orgs.), *Indisciplinares*. Rio de Janeiro: Funarte, 2016.

___. *Diálogos e incorporações*. Córdoba / São Paulo:

La Sofía Cartonera, Malha Fina Cartonera e Mariposa Cartonera, 2016.

___. *Peter Sloterdijk: virada imunológica e analítica do lugar*. Tese (Doutorado) – Faculdade de Filosofia, Letras e Ciências Humanas. Departamento de Filosofia, Universidade de São Paulo, São Paulo, 2017.

___ & MARQUES, Luciana Araujo. "Musil e Benjamin: a ética do homem sem qualidades e o empobrecimento da experiência". *Cadernos Benjaminianos*, Belo Horizonte, n. 11, 2016, pp. 2-15.

PHILLIPS, Adam. *Winnicott* [1988], trad. Alessandra Siedschlag. Aparecida: Ideias & Letras, 2006.

RICOEUR, Paul. *Tempo e narrativa* [1983]. v. I, II, trad. Claudia Berliner. São Paulo: Martins Fontes, 2012.

___. *O si-mesmo como outro* [1990], trad. Ivone C. Benedetti. São Paulo: Martins Fontes, 2014.

RIMBAUD, Arthur. *Œuvres completes*. Paris: Gallimard, 1972.

SAFRA, Gilberto. *Hermenêutica na situação clínica: O desvelar da singularidade pelo idioma pessoal*. São Paulo: Sobornost, 2006.

SEARLES, Harold. *L'Effort pour rendre l'autre fou*, trad. Brigitte Bost. Paris: Gallimard, 1977.

SLOTERDIJK, Peter. *Selbstversuch: Ein Gespräch mit Carlos Oliveira*. Munique: Hanser, 1996.

___. *Essai d'intoxication volontaire*, trad. Olivier Mannoni. Paris: Calmann-Lévy, 1999.

___. *El pensador en escena: el materialismo de Nietzsche* [1986], trad. de Germán Cano. Valencia: Pre-Textos, 2000.

___. *O desprezo das massas: ensaio sobre lutas culturais na sociedade moderna [2000], trad. Claudia Cavalcanti. São Paulo: Estação Liberdade, 2002.

___. A mobilização infinita: para uma crítica da cinética política, trad. Paulo Osório de Castro. Lisboa: Relógio D'Água, 2002.

___. Esferas I: Burbujas [1998]. Microesferología. Madrid: Siruela, 2003.

___. Esferas II: Globos [1999], trad. Isidoro Reguera. Madrid: Siruela, 2004.

___. O quinto "evangelho" de Nietzsche [2001], trad. Flávio Breno Siebenichler. Rio de Janeiro: Tempo Brasileiro, 2004.

___. Venir al mundo, venir al lenguaje: Lecciones de Frankfurt [1988], trad. German Cano. Valencia: Pre-Textos, 2006.

___. O sol e a morte [1983], trad. Carlos Correia Monteiro de Oliveira. Lisboa: Relógio D'Água, 2007.

___. O estranhamento do mundo [1993], trad. Ana Nolasco. Lisboa: Relógio D'água, 2008.

___. Palácio de cristal: para uma teoria filosófica da globalização, trad. Manuel Resende. Lisboa: Relógio D'Água, 2008.

___. Esferas III: Espumas [2004], trad. Isidoro Reguera. Madrid: Siruela, 2009.

___. Spheres Theory: Talking to Myself About the Poetics of Space. Harvard Universtiy Graduate School of Space. 17 fev. 2009 (Palestra de Sloterdijk em forma de entrevista consigo mesmo). Publicado na Harvard Design Magazine, primavera/verão 2009, n. 30.

___. Die nehmende Hand und die Gebende Seite. Berlin: Suhrkamp, 2010.

____. *Tu dois changer ta vie: de l'anthropotechnique* [2009], trad. Olivier Mannoni. Paris: Libella Maren Sell, 2011.

____. *Sin salvación: tras las huellas de Heidegger*, trad. Joaquín Chamorro Mielke. Madrid: Akal, 2011.

____. *Ira e tempo: ensaio político-psicológico* [2006], trad. de Marco Antonio Casanova. São Paulo: Estação Liberdade, 2012.

____. *Temperamentos filosóficos: um breviário de Platão a Foucault* [2009], trad. João Tiago Proença. Lisboa: Edições 70, 2012.

____. Entrevista com Peter Sloterdijk no Simpósio do Berggruen Center em Filosofia e Cultura. St. John's College of Divinity, Cambridge University, 25 jun. 2015.

____. *Esferas I: Bolhas* [1998], trad. José Oscar de Almeida Marques. São Paulo: Estação Liberdade, 2016.

____. *Après nous le Déluge*, trad. Olivier Mannoni. Paris: Payot, 2016.

____ & MACHO, Thomas H. *Weltrevolution der Seele: Ein Lese- und Arbeitsbuch zur Gnosis von der Spätantike bis zur Gegenwart*. Zurich: Artemis & Winkler, 1993.

TSVETÁIEVA, Marina. *Indícios flutuantes (poemas)*, trad. Aurora Bernardini. São Paulo: Martins Fontes, 2006.

____. *Vivendo sob o fogo*, trad. Aurora Bernardini. São Paulo: Martins Fontes, 2008.

WERNTGEN, Cai. "Denken am Nullpunkt der Geschichte: Notizen zur Philosophie Peter Sloterdijks", in Marc Jongeoerd van Tuinen; Koenraad

Hemelsoet. *Die Vermessung des Ungeheuren*. München: Wilhelm Fink, 2009.

WINNICOTT, Donald. W. *O brincar & a realidade* [1970], trad. José Octávio de Aguiar Abreu e Vanede Nobre. Rio de Janeiro: Imago, 1975.

___. *Natureza humana* [1988], trad. Davi Litman Bogomoletz. Rio de Janeiro: Imago, 1990.

___. *Tudo começa em casa* [1990]. 5ª ed., trad. Paulo Sandler. São Paulo: Martins Fontes, 2011.

XOLOCOTZI, Ángel; Luis TAMAYO. *Los demonios de Heidegger: eros y mania en el maestro de la Selva Negra*. Madrid: Trotta Editorial, 2012.

Sobre o autor

JULIANO GARCIA PESSANHA nasceu em São Paulo, em 1962. Após abandonar o curso de direito no Largo São Francisco, graduou-se em filosofia. É mestre em psicologia (PUC-SP) e doutor em filosofia (USP). Autor de *Sabedoria do nunca* (1999), *Ignorância do sempre* (2000), *Certeza do agora* (2002) e *Instabilidade perpétua* (2009), publicados pela Ateliê Editorial. Recebeu o prêmio Nascente (Abril-USP) nas categorias poesia e ficção, em 1997, e o Grande Prêmio da Crítica da APCA na categoria Literatura, em 2015, por *Testemunho transiente*, reunião de sua tetralogia pela Cosac Naify. Sua obra é marcada por um hibridismo de gêneros, entre eles, ensaio, conto, aforismo, heterobiografia e heterotanatografia. Tece estreito diálogo com a literatura, a filosofia e a psicanálise, em busca de dizer as coisas em registros múltiplos de enunciação. É professor e dirige grupos de estudo de filosofia.

© Ubu Editora, 2018
© Juliano Garcia Pessanha, 2018

Coordenação editorial Florencia Ferrari
Assistentes editoriais Isabela Sanches e Júlia Knaipp
Preparação Cristina Yamazaki
Revisão Débora Donadel
Design Elaine Ramos
Assistente de design Livia Takemura
Produção gráfica Lilia Góes

Nesta edição, respeitou-se o novo Acordo Ortográfico da Língua Portuguesa

2ª reimpressão, 2023

Dados Internacionais de Catalogação na Publicação (CIP)
(Câmara Brasileira do Livro, SP, Brasil)

Pessanha, Juliano Garcia [1962–]
    Recusa do não-lugar: Juliano Garcia Pessanha
São Paulo: Ubu Editora, 2018
    192 pp.

ISBN 978 85 92886 64 6

1. Ficção brasileira 2. Filosofia 3. Ensaio 4. Memórias

I. Título   CDD 869.4

Índice para catálogo sistemático:
1. Ficção: Literatura brasileira 869.4

UBU EDITORA
Largo do Arouche 161 sobreloja 2
01219 011 São Paulo SP
(11) 3331 2275
ubueditora.com.br

Fonte Tiempos
Papel Pólen bold 70 g/m²
Gráfica Margraf